3個問號偵探團 11

幽靈船

文 晤爾伏・布朗克

圖 阿力

譯 姬健梅

企劃緣起

現在，開始讀少兒偵探小說吧！

親子天下閱讀頻道總監／張淑瓊

閱讀也要均衡一下

爲什麼要讀偵探小說呢？偵探小說是一種非常特別的寫作類型，臺灣這幾年奇幻文學大發燒，類似的故事滿坑滿谷；除了奇幻故事之外，童話或是寫實故事也是創作和閱讀的大宗。偵探和冒險類型的小說相對而言就小眾多了。不過，偵探小說在全世界可是佔有很大的出版比例，光是看這兩年一波波福爾摩斯熱潮，從出版、電視影集到電影，就知道偵探小說的魅力有多大了。

但在少兒閱讀的領域中，我們還是習慣讀寫實小說或奇幻文學爲主，畢竟考試當前，升學掛帥，能撥出時間讀點課外讀物就挺難得了，在閱讀題材的選擇上，通常就會以市面上出版量大的、得獎的、有名的讀物爲主。殊不知，偵探故事是少兒最適合閱讀的類型，因爲它不只是一種文學，更是兼顧閱讀和多元能力養成的超優選素材。

成長能力一次到位

偵探小說是一種綜合多元的閱讀類型。好的偵探故事結合了故事應該有的精采結構、主角們在不疑之處有疑的好奇心和合理的懷疑態度，還有持續追蹤線索過程中的耐心與熱情，解答問題過程中資料的蒐集解讀、推理判斷能力的訓練，遇到難處或危險時需要的勇氣和冒險精神、機智和靈巧，還有和同伴一起團隊合作的學習，和面對彼此性格態度不同時的衝突調解和忍耐體諒。這些全部匯集在偵探小說的閱讀中，厲害吧！

閱讀偵探故事，可以讓孩子在潛移默化中培養好奇心、觀察力、推理邏輯訓練、資料蒐集能力、團隊合作的精神、人際互動的態度……等等。這麼優質的閱讀素材，怎麼能在孩子的閱讀書單中缺席呢！這就是爲什麼我們一直希望能出版一套給少兒讀的偵探小說系列。

閱讀大國的偵探啓蒙書

去年我們在法蘭克福書展撈寶，鎖定了這套德國暢銷三百五十萬冊、全球售出多國版權的【三個問號偵探團】系列。我們發現臺灣已經有了法國的「亞森羅蘋」、英國的「福爾摩斯」，還有我們出版的瑞典的「大偵探卡萊」，現在我們找到以自律、嚴謹聞名的閱讀大國德國所出版的「三個問號偵探團」，我們希望讓臺灣的讀者們也可以和所有的德國孩子一樣享讀這套「偵探啓蒙書」。跟著三個問號偵探團一樣，隨時準備好所有行動需要的工具，體會「空氣中突然充滿了冒險味道」的滋味，像他們一樣自信的說：「解開疑問就是我們的專長」。我們希望孩子們在安全真實的閱讀環境中，冒險、推理、偵探、解謎！

推薦文

好文本×好讀者＝享受閱讀思考的樂趣

臺灣讀寫教學研究學會理事長／陳欣希

偵探故事是我最愛的文類之一。此類書籍能帶來「閱讀懸疑情節」和「與書中偵探較勁」的樂趣，但，能否感受到這兩種樂趣會因「文本」和「讀者」而異。以認知心理學的角度來看，「令人感興趣」即表示「大腦注意到並能理解」；容易被大腦注意到的訊息有兩種：新奇和矛盾，讀者愈能主動比對正在閱讀的訊息與過往知識經驗的異同，愈能將文字敘述轉爲具體畫面並拼出完整圖像，就愈能享受閱讀思考的樂趣。但，正邁向成熟的小讀者，仍在培養這種自動化思考的能力，於是，文本的影響力就更大了。

了解前述原理，再來看看【三個問號偵探團】，就不難理解這系列書籍能讓人一口氣讀完而忽略長度的原因了。

「對話」，突顯主角們的關係與性格

文中的三位主角就像其他偵探一樣，有著「留意周遭、發現線索、勇於探查」的特質，不一樣的是，多了「合作」。之所以能合作，友誼是主要條件，但另一條件也不可少，即，各有專長。此外，更不一樣的是，這三位主角也會害怕、偶爾也會想退縮，但還是因爲友誼，外加「幽默」，讓他們即使身陷險境，仍能輕鬆以對。要如何感受到三位偵探間的深厚情誼以及各自鮮明的個性特質呢？請留意書中的「對話」！

「情節」，串連故事線引出破案思惟

情節安排常會因字數而有所受限制，或是案件的線索太明顯、眞相呼之欲出，連讀者都能很快的知道事件的原由；或是線索太隱密，讓原本就過於聰明的偵探一眼識破，而一頭霧水的讀者只能在偵探解說時才恍然大悟。這系列書籍則兼顧了兩者。書中的數個情節，看似無關，但卻有條細線串連著。只要讀者留意一些看似突兀的插曲，留意加入故事的新人物，其實不難發現這條細線，更能理解主角們解決案件的思惟。

【三個問號偵探團】這系列書籍所提到的議題，是十歲小孩所關切的。再加上文字描述能讓讀者理解主角們的性格與關係，讓讀者有跡可尋而拼湊事情的全貌。簡言之，對十歲小孩來說，此類故事即能帶來前述「閱讀懸疑情節」和「與書中偵探較勁」的雙重樂趣。對了，想與書中偵探較勁嗎？可試試下列的閱讀方法：

閱讀中

根據文類和書名以形成假設
（我知道偵探故事有哪些特色，再看到書名，我猜這本書的內容是什麼？）

←

尋找線索以形成更細緻的假設
（我注意到作者安排另一個角色或某個事件，可能與故事發展有關……）
（我注意到的線索、形成的假設，與書中偵探的發現有何異同？）

←

帶著假設繼續閱讀

←

連結線索以檢視假設
（哪些線索我比書中偵探更早注意到？哪些線索是我沒留意到？是否回頭重讀故事內容？）

推薦文

【三個問號偵探團】＝偵探動腦＋冒險刺激＋幻想創意

閱讀推廣人、《從讀到寫》作者／林怡辰

「老師，你這套書很好看喔！我在圖書館有借過！」、「我覺得這集最好看，老師這本你可以借我嗎？」自從桌上放了全套的【三個問號偵探團】，已經好幾個孩子過來「關注」：刺激、有趣、好看、一本接一本停不下來。都是他們的評語。

是的，【三個問號偵探團】就是一套放在書架上，就可輕易呼喚孩子翻開的中長篇偵探故事，每一本書都是一個驚險刺激的事件，場景從動物園、恐龍島、幽靈鐘、鯊魚島、古老帝國、外星人……光看書名，就覺得冒險刺激的旅程就要出發，隨著旅程探險，案件隨時就要登場！

故事裡三個小偵探，都是和讀者年齡相仿的孩子，十歲左右的年齡，帶著小熊軟糖、到達祕密基地，彼此相助和腦力激盪；勇氣是標準配備，細心觀察和思考是破案關鍵；好奇加上團隊合作，搭配上孩子最愛動物園綁架、恐龍蛋的復育、海盜、幽魂鬼怪神祕、幽靈船的膽戰心驚、陰謀等關鍵字。無怪乎，這套德國出版的偵探系列，一路暢銷、至今不墜，也輕易擄獲眾多國家孩子的心。

最值得一談的是，在書中三個小主角身上，當孩子閱讀他們的心裡的話、思考的模式：正面、善良、溫柔、正義；雖有掙扎，但總是一路向陽。讀著讀著，正向的成長性思維和不畏艱難的底蘊，輕鬆遷移到孩子大腦。

而且，這套偵探書籍和其他偵探系列的最大不同，除了場景都有豐富的冒險元素外，敘述和文字掌控力極佳，翻開書頁彷彿看見一幕幕畫面跳躍過眼簾，細節顏色情感，讀來感嘆萬千。不只偵探的謎底和邏輯，文學的情感和思考、情緒和投入，更是做了精采的示範！

在細緻的畫面中，從文字裡抽絲剝繭，一下子被主角逗笑、一下子就緊張的捏緊了拳頭。理解、整合、思考、歸納、分析，文字量適合剛跳進橋梁書的小讀者，當成偵探小說的第一次接觸。在享受文字帶來的冒險空氣裡、抓緊了書頁，靈魂跳進了迷幻多彩的偵探世界，大腦不禁快速運轉，在小偵探公布謎底前，捨不得翻到答案：「解開疑問就是我們的專長！」怎麼可以輸給三個問號偵探團呢！

就讓孩子一起乘著書頁，成爲三個問號偵探團的第四號成員，讓孩子靈魂一起在文字裡探索、線索中思考、找到細節解謎，享受皺眉困惑、懸疑心跳加速，最後較量著誰能提早解謎，在三個偵探團的迷人偵探世界翱翔吧！

推薦文

值得被孩子看見與肯定的偵探好書

彰化縣立田中高中國中部教師／葉奕緯

在破舊鐵道旁的壺狀水塔上，一面有著白藍紅三個問號的黑色旗幟，隨風搖曳著，而這裡就是少年偵探團：「三個問號」的祕密基地。

開頭便用破題的方式進入事件，讓讀者隨著主角的視角體驗少年的日常生活，也在他們推敲謎團並試圖解決的過程中逐漸明白：這是團長佑斯圖的「推理力」，加上鮑伯的「洞察力」以及彼得的「行動力」，三個小夥伴們齊心協力，冒險犯難的故事。

而我們未嘗不也是這樣長大的呢？與兒時玩伴建立神祕堡壘、跟朋友間笑鬧互虧、跟夥伴玩扮家家酒的角色扮演，和大家培養出甘苦與共的革命情感——我們都是佑斯圖，也是鮑伯，更是彼得。

從故事裡不難發現，邏輯推理絕不是名偵探的專利。我們只需要一些對生活的感知力，與一點探索冒險的勇氣，就能擁有解決問題的超能力。

某日漫步街頭，偶然看見攤販店家爲了攬客而掛的紅色布條，寫著這樣的宣傳標語：「感謝ＸＸ電視台、〇〇新聞台，都沒來採訪喔！」看似自我解嘲的另類行銷，其實也在默默宣告著：「我們沒有強大的外援背書，但我們有被人看見的自信。」

【三個問號偵探團】系列小說，也是如此。

沒有畫著被害人倒地輪廓的命案現場、百思不解的犯案過程，以及天馬行空的破案手法等各式慣見的推理元素，書裡都沒有出現；有的是十歲孩子的純眞視角、尋常物件的不凡機關、前後呼應的橋段巧思，以及良善正向的應對態度。

或許不若福爾摩斯、亞森羅蘋、名偵探柯南、金田一等在小說與動漫上的活躍知名，但本書絕對有被人看見的自信，也值得在少年偵探類受到支持與肯定。

我們都將帶著雀躍的心情翻開書頁，也終將漾著滿足的笑容闔上。

來，一起跟著佑斯圖、鮑伯與彼得，在岩灘市冒險吧！

目錄

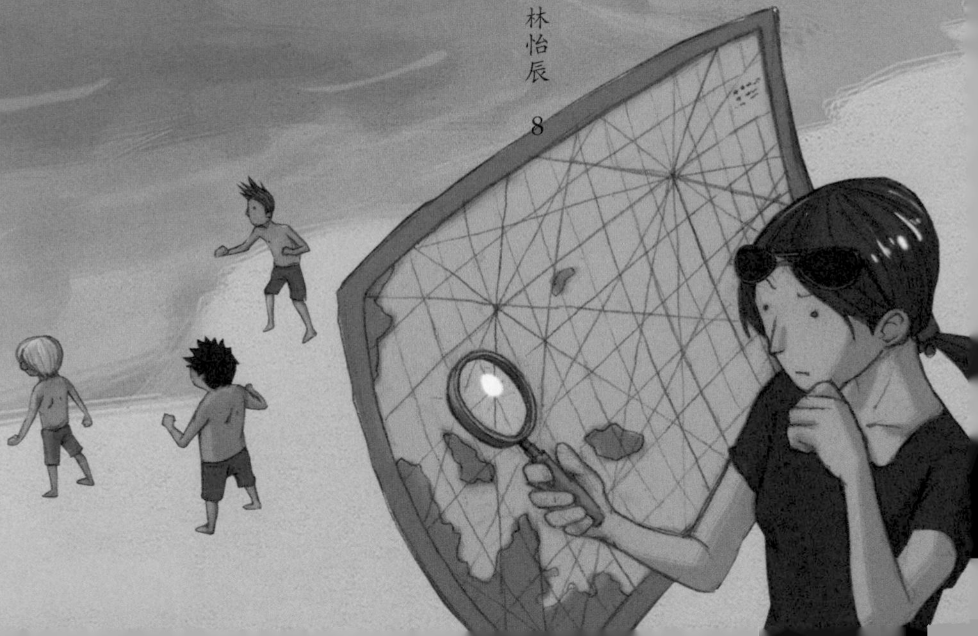

人物介紹

藍色問號：彼得．蕭

年齡：十歲

地址：美國岩灘市

我喜歡：游泳、田徑運動、佑斯圖和鮑伯

我不喜歡：替瑪蒂妲嬸嬸打掃、做功課

未來的志願：職業運動員、偵探

紅色問號：鮑伯・安德魯斯

年齡：十歲

地址：美國岩灘市

我喜歡：聽音樂、看電影、上圖書館、喝可樂

我不喜歡：替瑪蒂妲嬸嬸打掃、蜘蛛

未來的志願：記者、偵探

白色問號：佑斯圖・尤納斯

年齡：十歲

地址：美國岩灘市

我喜歡：吃東西、看書、未解的問題和謎團、破銅爛鐵

我不喜歡：被叫小胖子、替瑪蒂妲嬸嬸打掃

未來的志願：犯罪學家

1 放風箏的好天氣

一陣罕見的強風吹過岩灘市。細碎的雲從天邊掠過，不時遮住陽光，這種情形在這個地區很少見。

佑斯圖・尤納斯把腳踏車靠在市集廣場的噴泉旁邊，啃著一顆蘋果。他和他的兩個朋友約好在這裡碰面。吃完蘋果又過了十五分鐘，彼得和鮑伯才騎著腳踏車過來。

佑斯圖向他們抱怨：「你們怎麼這麼慢？要不是我帶了點吃的，

我早就餓扁了。」

鮑伯笑嘻嘻的說：「要把你餓到扁，可能需要好幾個星期。」

佑斯圖沒有跟著笑，他伸手擦擦嘴說：「很好笑！你們讓我等了一個小時，然後我還得聽你說這種蠢笑話。走吧，我們到波特先生的店裡去，否則他就要打烊了！」

在這座小城市，人人都知道波特先生的小店。店裡什麼都買得到，如果沒有存貨，波特先生就會馬上去訂購。三個問號走進店裡時，波特先生正忙著把蔬菜罐頭放上貨架。看見他們三個走進來，波特先生愉快的喊道：「哈囉，小朋友們，你們想買些什麼？是尤納斯太太又派你們來採購日用品了嗎？」

佑斯圖搖搖頭。「不，我們是來買你廣告上的特價商品。」

波特先生的目光越過他的眼鏡，仔細看著他們三個。「你們是指那套露營用的椅子嗎？四把椅子配上一張桌子，只要三十三美元！」

這時候鮑伯插嘴：「不，我們要桌椅做什麼？我們指的是那個二十美元的風箏！昨天我們在舊貨回收場上幫佑斯圖的叔叔工作，忙了一整天才賺到這麼多錢。您店裡還有那個紅、白、藍三色的風箏嗎？」

「抱歉了，小朋友，風箏特賣的消息傳得很快，已經全部賣完了。不管是紅色、白色、藍色還是其他顏色，店裡一個也不剩了。這也難怪，因為這幾天的天氣特別適合放風箏。」

三個問號失望的轉身，準備離開這家商店。

「等一下，你們先別走！我不會讓口袋裡有二十美元的顧客就這麼跑掉。跟我來，我店裡還有一件特別商品！」

佑斯圖豎起了耳朵。「您指的該不會是露營用的椅子吧？」

「不是、不是，別擔心。這也是個風箏。說得更準確一點，是廠商寄來的樣品。如果你們願意的話，可以替我測試一下這個風箏。所有的商品我都會先試用過，再決定要不要多訂一些貨來賣。」波特先生說完，拿出一個長形的紙包。

鮑伯看著那個紙包，有點懷疑的問：「那我們要付錢嗎？」

波特先生狡猾的看著他。「說『付錢』其實不太恰當，應該說是

『付費』。這是個高性能的風箏，拉力特強，速度超快，之後的定價會超過一百美元。」

鮑伯繼續追問：「那我請問一下，付費是要付多少呢？」

「小朋友，你們運氣很好，我只收二十美元。你們拿這個風箏去放放看，之後再告訴我它飛得如何。好了，現在我得繼續去處理蔬菜罐頭了，光靠賣風箏是沒辦法過日子的。你們小心點，別跟著風箏一起飛走了。萬一真的飛走了，記得寫張風景明信片給我。」波特先生說完就笑了。

三個問號走出商店，在馬路上都還聽得見那個老闆的笑聲。鮑伯仔細看著這個長形的紙包。「波特先生拿到這個樣品時絕對沒花一毛錢，卻還要收我們二十元。但願這個風箏真的能飛。」

彼得也有點懷疑。「這個紙包很大，可是拿起來卻很輕。我才不相信這個風箏能夠把人拖走。」

鮑伯笑著說：「如果它真的能把人拖走，那我們就把佑佑綁在風箏的繩子上。這世上沒有哪個風箏拖得走他。」

佑斯圖快受不了了，他氣呼呼的說：「一整個早上你都在開這種蠢玩笑，這究竟是什麼意思？我明明就跟彼得一樣重。」

「的確，」鮑伯笑嘻嘻的說，「可是彼得比你高出一個頭。好啦，今天我不會再開玩笑了。我們還是騎車去海邊試試這個風箏吧。說不定待會兒風就停了。」

但是天氣看起來不像會轉變的樣子，風勢也沒有減弱。反而是天邊的雲跑得愈來愈快，強風在馬路上捲起陣陣煙塵。空氣中有股鹹鹹的氣味，就跟附近的太平洋一樣。

出了市區，他們沿著濱海公路騎了幾公里，再轉進一條狹窄的小路。這條小路直接通到海邊，路上布滿石頭，石縫之間長著灌木。接著他們下車，步行爬下一道陡峭的石階來到海邊。一般的泳客很少會到這裡，每次三個問號到這裡來，沙灘上都幾乎沒有別人。

海浪在風中怒號，強風捲起白色的浪頭，幾隻海鷗在他們頭上盤旋。佑斯圖把風箏從紙包裡抽出來。「媽呀，風這麼大，差點就要把風箏吹走了。你們快來幫幫我！」

他們一起動手，成功的把風箏組裝起來。彼得大為讚歎：「這風箏真大。這是要用兩條繩子來控制的三角形風箏，不知道我們能不能讓它飛起來。」

佑斯圖用雙手緊緊抓住那兩捲繩子，鮑伯把風箏舉在半空中，喊道：「好，我數到三，我就放手。」接著他逆著風大喊：「一、二、三！」

風箏像箭一般射向天空，

佑斯圖覺得他的手臂快被拉斷了。不過，一會兒之後，他就把風箏控制住了。靠著那兩條控制方向的繩子，他讓風箏以「之」字形在天空飛行。佑斯圖興奮的喊：「好！現在我要讓它翻筋斗！」

風箏飛行的速度愈來愈快，在空中發出咻咻的聲音。佑斯圖呻吟了一聲：「我快拉不住它了！」

一陣強風忽然攫住風箏，把佑斯圖往前拖了好幾公尺。鮑伯大喊：「別鬆手！」

風箏像匹固執的馬，用力的扯動繩子，接著又被一陣強風攫住，讓佑斯圖雙腳騰空。彼得趕快一邊抓住他，一邊大喊：「鮑伯，快點過來幫忙，否則佑佑就要跟著風箏一起飛走了！」

2

瓶中信

就在這時候，風箏猛然晃了一下，歪向一邊，佑斯圖又落到地面。他叫了一聲：「慘了！一條繩子斷了。但願風箏沒有壞掉。」

彼得扶住佑斯圖，安慰他說：「你應該慶幸風箏沒有一路把你拖到海裡。」

風愈來愈大，三個問號頂著強風，把那個三角形風箏拆開來收好，然後去岩石後面找地方避風。

彼得看著風浪大作的海面，若有所思的說：「想想看，從前的人只駕駛著簡單的帆船就出海航行……這種事我可不想做。」

鮑伯也有同感，「風浪這麼大，我馬上就會暈船。有一次我爸媽帶我去搭渡輪，五分鐘後我就吐了。超噁心。」

洶湧的波濤不停的擊打著海岸，發出一陣陣怒號，海水彷彿要把沙灘吞噬。

彼得忽然瞇起眼睛，站了起來。「你們看，海浪把一個瓶子沖到了沙灘上。」

他的兩個朋友也朝著沙灘望過去。鮑伯說：「也許那是個瓶中信，裡面裝著一張藏寶圖。」

他們興奮的跑過去，彼得撿起那個瓶子。「你猜錯了。裡面沒有信，但是瓶子是半滿的，看起來是葡萄酒。也許是從哪艘遠洋輪船上扔出來的。」

佑斯圖仔細檢查他們發現的這個瓶子。「我不這樣認為。這個瓶子看起來已經在海裡待了很久。再說，這瓶葡萄酒的年份也很老了。你們看看這個瓶塞！上面寫著『1899』。這件事真奇怪。」

不過，被大風浪沖到沙灘上來的東西還不止這個酒瓶。彼得又找到了幾塊破木板和一個破爛的救生圈。他納悶的說：「也許有一艘船在這場大風浪中沉沒了？」

鮑伯表示懷疑。「我不相信。哪艘船上會有這麼老舊的救生圈？

不過，等一下，救生圈上還繫著一條繩子呢。」

為了小心起見，彼得鬆手放開救生圈。「其實我根本不想知道這條繩子的另一端綁著什麼。搞不好是……」

佑斯圖打斷他說：「彼得，你別自己嚇自己了！這個救生圈待在海裡的時間看來就跟那個酒瓶一樣久。來，鮑伯，小心拉。看樣子這條繩子已經不太牢固了。」

鮑伯把繩子慢慢的拉出水面，上頭黏著海草和小小的藤壺。然後他突然停下來說：「拉不動了。好像被海裡的什麼東西鉤住了。」

彼得不安的望向大海。「或是有人抓住了繩子。」

「別亂說！」佑斯圖笑他，接著動手去幫鮑伯。「我們一起拉！」

可是繩子突然鬆了，他們兩個向後倒在沙灘上。佑斯圖罵了一聲：「可惡，繩子斷了！」

他們好奇的把殘餘的繩子從海裡拉出來。鮑伯吃驚的說：「這條繩子幾乎有五十公尺長。這表示它先前一定是鉤到某個東西，或是綁在某處。我真想知道海底有什麼東西。」

這時候天空烏雲密布，天色變得昏暗。加州平常很少下雨，但此刻雨滴重重的落下，打在三個問號的臉上。

佑斯圖把風箏、救生圈和酒瓶都裝起來，向他的兩個朋友說：「待在這裡實在是太不舒服了。我提議我們到咖啡壺去，把這些東西好好檢查一下。」

他們被雨淋到全身溼透了才走到停放腳踏車的地方。他們沿著濱海公路往回騎了兩公里之後，轉進一條岔路——那是一條彎彎曲曲的小徑，旁邊是一段已經被棄置不用的鐵軌。才一會兒功夫，他們就到了「咖啡壺」前面。

「咖啡壺」其實是一座圓形水塔，從前用來替蒸汽火車頭加水。如今這座老舊的空水塔已經被大家遺忘，除了三個問號，沒有人知道這座舊水塔還在。對這三個小偵探來說，這是個理想的祕密基地。

他們從水塔下面沿著鐵條做成的梯子往上爬，鮑伯推開入口處嘎吱作響的木板，開心的說：「請進！請進！這裡面乾爽舒適，而且一定還有一包已經打開的餅乾。」

佑斯圖搖搖頭。「可惜沒有了。最後一包餅乾上一次就被我吃掉了。不過，我們還是來好好檢查一下這個救生圈吧！」

雨滴稀里嘩啦的落在屋頂上，彼得在一個木箱裡翻來翻去，找出一個放大鏡，仔細的把救生圈檢查了一番。

「怎麼樣，你發現什麼了嗎？」鮑伯問。

彼得說：「我也說不上來。前面這裡也許漆著幾個字母，幾乎已經褪色了。第一個字母是E，不對，是F。剩下的實在太難辨識了。」

鮑伯把眼鏡擦乾淨，也湊過去看。「我想，名字是F開頭的船應該有幾千艘吧。所以，這個發現並沒有替我們帶來太多進展。佑佑，你覺得呢？」

佑斯圖說：「我想，我們也應該把其他幾件東西仔細檢查一下。比如說那個酒瓶。從瓶塞來判斷，這應該是一八九九年份的酒。如果把這兩個資訊加在一起，那我們要找的就是一艘那個年代的船，船的名字是F開頭。我想到我們可以去請教誰了，就是住在漁港旁邊的簡金斯老先生，他不是有一間展覽模型船隻的小博物館嗎？」

鮑伯也去過那間博物館。「沒錯，簡金斯先生這輩子造過三百多艘模型船，現在都陳列在那間博物館裡。也許他能幫得上忙。」

3

有趣的特例

這時候雨已經停了，三個問號動身前往漁港。幸好陽光又從雲層後面露出來，他們騎在腳踏車上，溫暖的和風很快就吹乾了他們被淋溼的T恤。那座小漁港就位在他們先前放風箏的沙灘附近，所以他們得再往回騎同樣的距離。飢餓的海鷗從遠處發出刺耳的叫聲，空氣中有腐魚、海草和柴油馬達的氣味。

鮑伯指著碼頭旁邊的一棟屋子說：「簡金斯老先生就住在那裡。

我們過去吧，希望他的博物館現在是開著的。」

他們運氣很好，那位老人家就坐在門廊上抽著菸斗。看見他們，老人笑著說：「小朋友，你們好啊！你們居然自願來參觀博物館？」他說話時，菸斗在他嘴邊一上一下的晃動。

佑斯圖把腳踏車停好，對老人說：「我們當然是自願的。不過，比起這些小小的模型船，我們對真實的船隻更感興趣。」

聽到這話，簡金斯收起了笑容。「怎麼，你們覺得我做的模型船太小了是嗎？我可以告訴你們，這些模型完全是按照原來船隻的模樣做出來的，幾乎比那些大船還要逼真。不過，我倒想問問，你們這個年紀的男孩怎麼會突然對船有興趣？」

佑斯圖瞇起眼睛說：「我們正在調查一個有趣的特例。」

「一個有趣的特例？噢，我懂了。好吧，那就來看看我幫不幫得上忙。進來吧！」

當他們走進門內，彼得把佑斯圖拉到一邊。「嘿，佑佑！『特例』這個詞你是從哪裡學來的？」

佑斯圖笑嘻嘻的說：「偵探都是這樣說話的。」

他們一進門就看見數不清的模型船。就連天花板上都吊掛著許多小船，走道兩邊的牆壁上也掛著古老帆船的圖片。一個角落有張巨大的鯊魚嘴，那一圈牙齒就像刀子一樣銳利，把彼得嚇了一跳。他喃喃的說：「希望這隻鯊魚不是在這附近抓到的。」

最後簡金斯帶他們走進一個大房間，裡面擺滿展示用的玻璃櫃。

「光是在這些玻璃櫃裡就有上百艘模型船，都是我這五十年來親手做的。從漁船到遠洋輪船，每一種類型的船隻都不缺。」

鮑伯望著其中一個玻璃櫃裡的帆船，好奇的問：「我們對一八九九年建造的船隻特別感興趣。那個年代建造的船隻很多嗎？」

簡金斯一邊把菸斗裡的菸草倒出來，一邊說：「你真會問問題。那個時代建造的船隻有幾千艘。帆船的時代正要結束，頭一批蒸汽輪船征服了海洋。有名的白星航運公司開始營運第一艘完全依靠蒸汽運行的船隻：條頓號。輪船當然遠勝過帆船，水手終於不必再依賴風力，也無須再擔心無風的時候。不過，言歸正傳，你們是不是要找一艘特定的船？」

佑斯圖點點頭。「是的。我們在找一艘一八九九年的船，船名的第一個字母是F。」

簡金斯皺起了眉頭。「嗯，這只有船舶登記簿能幫得上忙。跟我一起去我的工作室吧！如果運氣好，說不定就能找到。」

這位老先生的工作室在二樓，裡面放滿尚未完成的船隻模型、木料配件，還有數不清的工具，三個問號看得目瞪口呆。就連提圖斯叔叔存放他心愛舊貨的工具棚也沒有塞得這麼滿。

鮑伯四處張望，問道：「您的電腦放在哪裡？」

簡金斯笑了。「哈哈！電腦？我不需要那種東西。而且我也不認為在電腦上能找到的東西會比我這些舊書裡多。看看這裡！這一套厚書是我的驕傲。這是從一八二五年起的船舶登記簿，所有的船隻都記錄在上面。你們剛才說那艘船的名字是F開頭的？」

彼得點點頭。

「好，那我們就來看看在船舶登記簿上能找到什麼資料。」

這位老先生慢條斯理的戴上眼鏡，一頁一頁的翻閱。「嗯，在一八九九年登記的船隻當中，只有三艘的名字是F開頭的：FATMA（『法特瑪號』）、FLYING FISH（『飛魚號』）和FORTUNA（『幸運號』）。」

佑斯圖問：「上面也有記載這幾艘船後來怎麼樣了嗎？」

老先生說：「讓我來看看。嗯，『法特瑪號』在一九二九年被改造成海軍的教練船，如今仍在使用中。『飛魚號』已經報廢了。至於『幸運號』就沒有明確的記載。真奇怪，它既沒有被登記為失蹤，也沒有人知道它如今在哪裡。沒有船籍港（註），沒有在碼頭停靠的紀錄，也沒有船員名單。」

鮑伯朝那本船舶登記簿看了一眼。「這意味著什麼呢？」

老先生說：「這意味著這艘『幸運號』理論上應該還在海上航行。而這當然是不可能的事，除非……」

「除非什麼？」彼得追問。

「除非這是一艘幽靈船。」

註：「船籍港」是指船舶所有人辦理船舶所有權登記的港口，也叫做「船舶登記港」。船籍港的名稱會清楚寫在「船舶國籍證書」和「船舶登記證書」上，同時也會漆在船尾上。

4 幽靈船

「幽靈船？」彼得脫口而出，「這明明只會出現在恐怖片裡。」

老先生搖搖頭說：「不、不，是真的有幽靈船。當然，幽靈船上並沒有幽靈。有可能是船停泊在港口的時候繫纜斷了，空船漂到海上。如果風向和洋流的方向又不湊巧，那麼這艘船可能會在海上漂流幾個星期，甚至幾個月，才會再漂到岸邊。」

佑斯圖揉捏著下脣，思索著說：「也可能漂流一百多年嗎？」

「這個問題我沒辦法回答。你們得去問海神本人。」簡金斯笑著闔上了那本厚書。「只有海神知道海上和海裡有些什麼東西。不過現在，告訴我為什麼你們對『幸運號』這麼感興趣吧。」

佑斯圖看了彼得和鮑伯一眼，然後打開背包。「這個破救生圈和酒瓶是我們在海灘上撿到的。從外觀看來，它們一定在海裡待了很長一段時間。」接著他就把整件事從頭到尾說給簡金斯聽。

這位老先生不禁坐直了身子。「這件事的確很不尋常。那個酒瓶的瓶塞上真的寫著『1899』嗎？這件事非常奇怪。」

簡金斯重新點燃他的菸斗，沉吟了一會兒，然後表情嚴肅的說：「我想，你們三個發現了一件真正不尋常的事情。如果你們不反對，我想把這件事告訴我女兒。她在洛杉磯大學的海洋學系工作。」

「海洋學系？」彼得問。

「是的，他們研究洋流和海水的含鹽量，還有很多其他的東西。不過，凡是研究海洋的人，也會對船隻感興趣。如今我女兒知道的比我還多，像是四桅帆船、三桅帆船、武裝帆船，還有所有在海上航行的東西。嗯，她的這個嗜好大概是遺傳自她老爸。關於『幸運號』這件事，也許她能幫得上忙。」

佑斯圖看了他的兩個朋友一眼。「好啊，我覺得這個主意很不錯。如果要跟我們聯絡，她可以隨時打電話到我家，就是舊貨買賣商尤納斯。」

「哦，提圖斯．尤納斯家？」

「您認識我叔叔？」

「當然認識，我常去他那裡購買製造模型船所需要的材料。在別的地方找不到的東西，在你叔叔那裡總是找得到。」

佑斯圖不禁露出笑容。「我知道，提圖斯叔叔這輩子從來捨不得丟掉任何東西。為了這件事，瑪蒂妲嬸嬸總是很生氣。」

提圖斯叔叔擁有一座大型廢棄物回收場，因為他買賣各式各樣的舊貨。可是他不喜歡別人把他那些寶貝稱為廢棄物。對他來說，所有的東西都是有用物資。他把他最喜歡的舊貨都收集在一個小棚子裡。

三個問號想要告辭的時候，簡金斯先生指著從海裡漂到岸邊的那個酒瓶說：「有一件事我很想知道：年份這麼久的葡萄酒不知道還好不好喝？」

鮑伯笑著說：「我們一定覺得不好喝，但是您儘管嚐嚐看。」

三個問號回到他們的腳踏車旁。佑斯圖又看了那個破救生圈一眼。「我很想再去那座小海灣一趟。風浪這麼大，說不定又有更多東西被沖到海灘上。」

鮑伯也這麼想。「我也想去。說不定我們能夠找到一個藏寶箱，或是一個真正的骷髏頭！」

「骷髏頭你可以留著，」彼得笑著說，「我比較想要藏寶箱。」

佑斯圖做了決定：「我們明天再來分配找到的東西。明天上午九點，我們在海灘上見。」

夜裡風停了，在岩灘市的上方，燦爛的星光在無雲的天空閃爍。佑斯圖累壞了，他倒在床上，睡得又沉又熟。被揉成一團的毯子掉在地板上，他夢到了可怕的骷髏頭戴著海盜的帽子。轉眼之間，他自己也站在一艘大帆船的甲板上，拿著一把長刀和一群海盜打鬥。那是一場激烈的戰鬥，幸好不久之後瑪蒂嬸嬸就把他從夢中叫醒。

「早安，佑斯圖。你要我八點來叫醒你。現在還在放假，你為什麼要這麼早起床呢？」

佑斯圖睡眼惺忪的揉揉眼睛。「我……我要和彼得跟鮑伯一起做點功課。」

問。

「在放假的時候做功課？佑斯圖，你是怎麼回事？」嬸嬸訝異的

「我沒事。我們只是想學習一點關於海洋的知識，所以我們必須到海邊去。」

出門之前，佑斯圖順手拿了一個夾心麵包，留下滿腹疑惑的瑪蒂妲嬸嬸站在門廊上。她激動的喊：「提圖斯！快過來！我覺得這孩子有點不對勁。」

當佑斯圖抵達他們約好的碰面地點，彼得和鮑伯已經在海灘上東尋西找好一陣子了。

「你們找到什麼了嗎？」佑斯圖對著他們喊。

鮑伯一邊在一堆海草中翻找，一邊說：「沒有，那場風浪雖然把一些東西沖到岸邊，可是沒有一件像是來自幽靈船。」

彼得向他抗議：「拜託別再提什麼幽靈船了！光是擔心海裡的鯊魚就已經夠讓人害怕了。」

5 潛入海中

前一天的大浪已經轉變成舒緩的長浪，一波一波規律的滾上海灘。這一天，在這座小海灣旁除了三個問號之外，仍舊沒有別人。他們興高采烈的走在海水旁邊。

鮑伯抓起一把海草扔進海中。「說不定根本沒有什麼值得發現的東西。誰也不知道那個酒瓶和那個救生圈之間有沒有關聯。那也可能只是個巧合。」

佑斯圖的膝蓋以下都浸在海水裡，他喃喃的說：「我不相信有這種巧合。祕密一定藏在海裡。」

距離海灘不到一百公尺的海裡有一片小沙洲。那裡的海水很淺，海浪也很平緩，三個男孩常常游到沙洲上去，在那裡他們幾乎能夠踩到海底。

佑斯圖想起救生圈上那條腐爛的繩子。「說不定那條繩子先前是鉤在沙洲裡？」

鮑伯也走進水中。「但沙洲上只有沙子，那條繩子能鉤在哪呢？」

佑斯圖說：「我也不知道。也許那裡有個舊鐵錨之類的東西？唉，我真笨，我應該要把我的蛙鏡帶來的。」

這時候彼得也走進水裡，站在他的兩個朋友旁邊。「佑佑，你的確很笨。你可以現在騎車回家去拿，或是……」彼得忍不住笑了，「或是問問我有沒有帶！」

「等一下，你帶了蛙鏡來？」佑斯圖驚訝的問。

「當然，我也動了一下腦筋。從一開始我就知道我們沒辦法在乾燥的海灘上解開這個謎題。」彼得說完就打開背包，拿出一個蛙鏡。

鮑伯高興的說：「好，那我們就游到沙洲上去吧。『幽靈船行動』可以展開了！」

他們換上泳衣，衝進太平洋溫暖的海水中。彼得潛入一道海浪底下，再鑽出水面，戴上蛙鏡。「再游幾公尺，我們就到沙洲了。」

當他們抵達沙洲所在的位置時，鮑伯試著用腳去碰海底的沙，卻怎麼也碰不到。「奇怪，這裡的海水一向很淺的呀。」由於前一天的大風浪，海水仍舊渾濁，無法看得很深。

彼得深深吸了一口氣，「好，那我就潛下去偵查一下。如果我一個小時之後還沒有回來，那就是下面有人請我吃午餐了。」

彼得潛入海中的時間長得驚人，等他終於吐著氣浮上水面，佑斯圖好奇的問他：「怎麼樣？你發現什麼了嗎？」

「沒有，海水太渾濁了，幾乎什麼也看不見。可是沙洲不見了，就這樣消失了，而我潛下去的深度應該有三公尺。我再下去找找看。」說完，彼得就又消失在水裡。

這一次他潛水的時間比前一次更久。彼得的潛水技術非常好，而且他憋氣的時間也是三個問號當中最長的。突然，他像支火箭般衝出水面，吐著氣說：「嘿！你們看，我在下面找到了什麼！」

鮑伯驚訝得闔不攏嘴，「哇，你撈出了一支鐵錨。」

佑斯圖朝彼得游過去，看了看他手裡拿著的東西。「這真是個驚人的發現。不過，這不是一支鐵錨，而是鉤船用的鐵爪。走，我們去海灘上仔細看看這個東西。」

不久之後，這支生鏽的鐵爪就躺在彼得鋪在沙灘上的毛巾上。彼得描述自己剛才看到的情景：「海底的情況實在很瘋狂。我剛才潛得比第一次更深，我覺得耳朵彷彿快要裂開了，然後才終於踩到了海底。原本的那片沙洲不見了。我幾乎看不見東西，因為海浪捲起的沙子把海水弄得很渾濁。可是我突然摸到一個堅硬的東西，起初我以為那是根棍子，等我把它拉出來，手裡就突然多了這支鐵爪。」

鮑伯檢查著這個從海裡撈出來的東西。「我很想知道它有多古老。尤其想知道它為什麼會在海裡？」

佑斯圖想得更遠，「問題應該是海底下還有些什麼吧。到目前為止，我們找到一個破救生圈、一個酒瓶和這支鐵爪。有一件事可以確定，那就是這不可能是個巧合。」

鮑伯也有同感。「沒錯。我可以想像這支鐵爪也已經存在一百多年了。也許因為它被埋在沙子裡，所以並沒有生鏽得太厲害。」

「的確很有可能，」佑斯圖思索著，「彼得，你剛才在海底還看見了其他東西嗎？」

「沒有，我只能勉強看見自己的手。我們必須等到海水平靜下來，等沙子再沉到海底，海水才會變得清澈。」

這時候鮑伯發現海灘上有一位年輕小姐正朝著他們三個走過來。鮑伯驚訝的說：「她是誰？她是來找我們的嗎？」

6

海洋學

「哈囉，你們三個。你們當中哪一位是佑斯圖．尤納斯？」

佑斯圖站起來，「我就是。您找我有什麼事？」

那位年輕女子說：「我從我父親那裡拿到你的住址。你嬸嬸告訴我，你跟朋友在海邊一起做功課。」

鮑伯看著他的好友，想不透的問：「咦，佑佑，你為什麼要在這裡做功課？」

佑斯圖尷尬的說：「不提這個，我晚一點再跟你解釋。」

那個年輕女子忍不住笑了。「別擔心，我不是來監視你們的。我叫茱莉亞・簡金斯，在洛杉磯大學工作。」

「研究海洋學？」彼得問。

「對，我在海洋學系工作。不過，我對古老的船隻也很感興趣。我父親跟我說，你們去他的博物館找過他。」

佑斯圖點點頭。「對，因為我們在海裡找到一個奇怪的救生圈。」

茱莉亞說：「我父親全都跟我說了。這件事很令人興奮。你們也已經查出來，這個救生圈應該是來自『幸運號』。我一聽到，就動身到這裡來，想把事情查清楚。這種事我當然不願意錯過。」

佑斯圖舉起那個鐵爪。「我們來這裡也是想查明這件事，而我們找到了這個東西。」

茱莉亞興奮的說：「一支鐵爪，真令人不敢相信！你們是在哪裡找到的？」

彼得指指海中。「我剛才潛進那邊的海底，從前那裡有片沙洲。我在大約三公尺深的地方發現了這個鐵爪。」

「孩子們，你們無法想像你們的發現有多麼重要。我猜想『幸運號』就躺在這附近。很少有沉船距離海岸這麼近。」

鮑伯打斷她說：「可是有一件事我始終不明白。為什麼之前沒有人發現這艘船？還有，那片沙洲到哪裡去了？」

茱莉亞回答：「噢，前幾天的風浪大得出奇，想必把海中的洋流都弄亂了。正因為這樣，海圖才必須要一再重新繪製。沙洲的位置會改變，而每艘船的船長都需要知道每一處的海水有多深。這支鐵爪被保存得很好，由此看來，有一種可能的解釋：『幸運號』當年在距離海岸不遠的地方沉沒，很可能也是碰到了一場暴風，因為從前的船隻還沒有雷達，在暴風中無法辨別方向。『幸運號』沉沒後，海中的洋流就用沙子覆蓋這艘船。沙子保存了這支鐵爪和你們之前找到的救生圈，就像是用保鮮膜包住乳酪。當然，這只是一種可能的解釋。確切的情形要等我們真的找到沉船殘骸之後才會知道。」

彼得的蛙鏡還架在額頭上，他問道：「要找到沉船，我們需要的就不止是蛙鏡和潛水用的呼吸管了，對吧？」

「沒錯。所以我也已經安排好了。它應該再過不久就會出現。」茉莉亞一邊說，一邊專注的望著海面。

「你在找什麼呢？」彼得不解的問。

茉莉亞笑著說：「不需要我多解釋，你們等一下就會看見了。」

三個問號突然發現不遠的海上有泡沫浮出海面，接著一盞探照燈露了出來。鮑伯吃了一驚，「那是什麼？」

露出海面的奇怪東西愈來愈多，直直朝著他們的方向移動。佑斯圖漸漸猜到那是什麼東西。「嘿，我看見一個圓形船窗！現在我知道那是什麼了，那是潛水艇。」

茱莉亞慢慢走到水邊說：「沒錯，那是一艘潛水艇。不過，它不僅是潛水艇，它也能在陸地上行走。」

那個奇怪的東西露出水面的部分愈來愈多，然後用轉動的大輪胎爬上岸，最後終於轟隆隆的停在乾燥的沙灘上。接著，上方的一個艙口打開了。

茱莉亞帶著微笑說：「讓我來介紹一下，這是我男朋友里歐・莫爾鐸。這艘潛水艇是他自己設計建造的，他把它命名為『海神號』。」

一個男人從艙口冒出頭來，跟三個問號打招呼。「哈囉，小朋友們！你們從來沒見過這種東西吧？」

彼得不禁向後退了一步。「這到底是什麼東西？」

莫爾鐸解釋：「這是一部水陸兩棲的運輸工具，我花了兩年的時間建造。駕著它，我可以在海面浮行，也可以潛入海中，就連在陸地上也能駕著它前進。它唯一做不到的就是飛行。要不是有這艘『海神號』，我不可能找到許多藏在海底的寶藏。」

佑斯圖忍不住好奇的問：「你是尋寶家？」

莫爾鐸說：「我主要的身分是科學家。茉莉亞和我有相同的嗜好，我們都對古老的船隻和沉船殘骸感興趣。當她向我提起『幸運號』的事，我馬上就把『海神號』運過來，在附近那座小漁港下水。尋寶得動作快，否則就會被別人搶先一步。」

里歐·莫爾鐸從那部水陸兩棲潛艇中爬出來，跟三個問號分別握了手。「我很高興你們去請教茱莉亞的父親，把你們的發現告訴了他。你們又有了什麼新發現嗎？」

佑斯圖把那支鐵爪拿給他看，並且告訴他這東西是在哪裡找到的。莫爾鐸興奮的說：「哇，這支鐵爪保存得太好了。你們得告訴我找到這件東西的確切位置。」接著他又對他的女朋友說：「茱莉亞，我要馬上潛下去看看。如果你們想要一起來，也不成問題。『海神號』裡坐得下六個人。」

三個問號猶豫不決的你看看我，我看看你。然後佑斯圖開口了：「我想我們得先回家問問看。」

「這一點我也想到了，」莫爾鐸笑著說，「所以我也順便帶了一個人來。哈囉，你現在可以出來了！」

「海神號」裡傳出咚咚咚的聲音，接著又有一個人從那個窄小的艙口探出頭來。佑斯圖驚訝得張口結舌，過了好一會兒才說：「提圖斯叔叔？你怎麼會來這裡？」

提圖斯叔叔忍不住笑了。「想不到我會讓你大吃一驚，佑斯圖。莫爾鐸先生到我們家，把整件事情告訴我和你嬸嬸。他急著要和你們談談，所以我就向他和他的女朋友透露了你們人在哪裡。但是只有一個條件，那就是我也要跟著一起潛入海中。我可不想錯過這一趟冒險之旅！」

7

潛艇「海神號」

里歐·莫爾鐸又爬進那部兩棲潛艇，同時向他們下達指示：「現在聽好了！你們必須一個接一個的從這個窄小的艙口爬進來。爬的時候小心一點，別撞到頭！這裡面有很多開關、控制器和閥門，請你們什麼都別碰，在座位上坐好，繫好安全帶。好了，上來吧！茱莉亞，你最後一個上來，負責把艙門關上！」

「遵命，船長。」

佑斯圖第一個從艙口爬進去。艙口有一段短短的垂直鐵梯通往「海神號」內部。莫爾鐸剛才說的話並不誇張，這裡到處都是電線和管線，還亮著數不清的小燈泡，聞起來有油漆和溼襪子的氣味。提圖斯叔叔已經坐下來，繫好了安全帶。

莫爾鐸說：「各位，歡迎搭乘『海神號』！船上空位都坐滿了，這趟探險即將展開！」

茱莉亞關上頭頂上沉重的艙門。彼得覺得胃裡一陣翻攪，他小聲的說：「現在我們就像老鼠一樣被關在這裡面。」

莫爾鐸坐在一扇弧形大圓窗前面，操作許多開關和操縱桿。

「好，抓緊了，我們要出發了！」茱莉亞坐在他旁邊，提圖斯叔叔、佑斯圖、彼得和鮑伯坐在他們後面。

一陣嗡嗡聲響起，好幾具電力馬達發動了。搖晃了一下之後，這個龐然大物發出尖銳的聲音，開始往水裡移動。咕嚕咕嚕的聲音從四面八方傳來，不久之後，第一波海浪就打上潛艇的外壁，接著「海神號」就開始在海中浮行。

茱莉亞興高采烈的說：「全速前進！」接著轉過頭向三個問號說：「現在你們得把找到那支鐵爪的地方指給里歐看！」

彼得從那扇大圓窗望出去，試著弄清楚方向。「你得要稍微轉向右邊，對，沙洲就在這個方向。至少它以前是在那裡。現在再走大約五十公尺，我們就到了。」

這時候一波較大的海浪攫住了「海神號」，鮑伯很慶幸自己繫著安全帶，他呻吟著說：「再這樣搖晃，我就快要受不了了。希望我不會吐出來。」

佑斯圖安慰他：「你可別吐了，想點別的事。」

莫爾鐸又移動了幾根操縱桿，「別擔心，這波海浪一會兒就會過去，到時候就會平穩下來。我們就快抵達下潛地點了。」

「海神號」裡響起咕嚕咕嚕的冒泡聲。彼得知道這是怎麼回事。「現在壓載艙裡的空氣被抽出去，再注入海水，增加重量，潛艇才會下沉。哇，外面看起來就像是一個大水族箱慢慢裝滿了水。」

大圓窗外的水平面迅速上升，不久之後，「海神號」就完全沒入水中。他們只感覺到這艘潛艇在輕輕搖晃。除了電力馬達發出的嗡嗡聲，在海底什麼都聽不見。

只可惜能看見的也不多。由於沙子被風浪捲起，海水仍舊渾濁。莫爾鐸打開了水下探照燈。「這就像是開車走在濃霧中，只能勉強看見眼前三十公分的地方。」

他又從壓載艙裡把空氣抽出，「海神號」潛得更深了。突然，這艘潛艇重重的撞了一下。莫爾鐸說：「好，我們抵達海底了。這裡的海水深度只有三公尺。你們當中有誰能認出什麼嗎？」

這時候，一條大魚不知道從哪裡竄出來，從大圓窗前面游過，牠朝窗裡看了一眼，就一溜煙的游開了，速度就跟牠出現時一樣快。

提圖斯叔叔笑嘻嘻的說：「那本來可以當作我們今天的午餐。可惜我沒有帶釣竿來。」

佑斯圖忍不住笑了。「叔叔，用釣竿是行不通的，你需要的是一把魚叉。」

莫爾鐸讓這艘水陸兩用潛艇在海底緩緩滑行。一群小魚從他們面前游過，兩隻小龍蝦匆匆逃跑。鮑伯的臉色仍舊有點發青，他喃喃的說：「我們就像漂浮在一碗濃湯裡，能看見的東西不多。」

「是啊，真可惜，」莫爾鐸嘆了一口氣，「所以我現在要打開回聲探測器。它會傳送出聲波，而海底會再把聲波反射回來。在監視器上就能看見我們的下方有些什麼東西。」

佑斯圖彎身向前去看監視器。「我只看見灰色的條紋。你有把握這具儀器能夠發揮作用嗎？」

「這具儀器是我自己製造的，我有百分之百的把握。這具特別的回聲探測器甚至能夠穿透沙子，如果有什麼東西埋在沙子裡，我們就能在螢幕上看見。」

莫爾鐸駕駛著「海神號」，穿過從前那片沙洲所在的地方。突然，一陣嗶嗶聲從擴音器裡傳來。

彼得嚇了一跳。「那是警報器嗎？」

茱莉亞要他放心。「不是，別擔心！這個嗶嗶聲只是表示在我們下方除了沙子之外還有別的東西。當心了，現在情況愈來愈刺激了。」

大家全都屏氣凝神，盯著那個大螢幕。莫爾鐸減慢潛艇的速度，

「那裡！你們看見了嗎？螢幕上這些藍色部分顯示出潛艇下方有某種堅硬的東西。這不是石頭。等一下！現在更清楚了，看起來像是長長的木頭。哇，這東西真長！我們找到了！我敢拿我的『海神號』來打賭，這一定是一艘沉船的殘骸。」

茱莉亞也同樣興奮。「看來你這個賭是贏定了。」她轉過身去對三個問號說：「你們一定還不知道，里歐已經靠著這艘潛艇發現了十一艘沉船。不過，眼前這一艘很特別。」

潛艇忽然猛一下撞上了什麼東西，整個船身晃得很厲害。莫爾鐸把一根操縱桿往下拉，「糟了！我們不知道撞上什麼東西。噢，我的

我的天哪！你們看見了嗎？」

一面巨大的木牆出現在大圓窗的正前方，他們看得愈來愈清楚，那是一艘古老帆船的船首。

8 尋找沉船

佑斯圖覺得快坐不住了，他解開了安全帶。「這太瘋狂了！我們真的找到了一艘沉船。你們看那裡！船頭甚至還有這艘船的名字：FORTUNA（『幸運號』）！」

此刻大家全都站起來，每個人都想再湊近大圓窗一點。茱莉亞從手提包裡拿出一部相機。「這實在是太不可思議了。雖然這艘船浸在水中的時間這麼長，船身的木頭卻仍然保存得很好。這太驚人了！」

莫爾鐸操縱著潛艇在原地轉了幾圈，然後就讓潛艇往上浮。「今天就到此為止。能見度實在太差，我怕我們還會撞上什麼東西，『海神號』可能會受損。明天上午我們再繼續勘查。現在我要返回漁港，如果你們同意的話，你們的叔叔可以從那裡把你們再載回海灣。」

鮑伯其實想盡快回到陸地上，但是他覺得還是不要開口比較好。

不久之後，透過那扇大圓窗，他們看見了漁港碼頭的入口。提圖斯叔叔指著一部巨大的起重機說：「這幾個月來，他們費了很大的功夫把港口的防波堤延長。現在防波堤像道長長的圍牆，伸進遠遠的海中。這是為了避免危險的大浪打進港口，讓停泊在港內的船隻受損。這是個相當大的工程。」

「海神號」放慢速度，滑進平靜的碼頭。幾個漁夫訝異的抬起頭，吃驚的看著這艘奇怪的潛艇。碼頭盡頭有一道平滑的坡道，船隻可以從這個坡道滑進水裡。莫爾鐸朝著那個坡道駛去，接著「海神號」就用輪子順著坡道爬上去。莫爾鐸宣布：「好，我們登陸了。打開艙口，讓新鮮空氣進來！希望你們渡過了一趟愉快的水中之旅。」

當三個問號再度踏上堅實的陸地，那位製造模型船的老人朝他們走過來。彼得立刻認出了他。「你們看，那是簡金斯老先生！」

老人愉快的向他的女兒打招呼：「茱莉亞，我的天使，每次看到你安然無恙的從這個潛水怪物中出來，我總是很高興。一切都順利嗎？你們發現了什麼有趣的東西嗎？」

「爸，你不會相信的，『幸運號』就躺在這附近的海底，而且保存得非常好。想必是沙子產生了保存的效果。」

她父親把菸斗裡的菸草倒出來，看著他們說：「這的確很不尋常。這段時間裡我也做了不少事，你們都到我的辦公室來吧！我有東西要給你們看。」

他們好奇的跟在這位老人家後面。只有提圖斯叔叔得先告辭：「抱歉，我答應了瑪蒂妲，今天要修理門廊。佑斯圖，你知道的，答應你嬸嬸的事如果沒做到，會有什麼後果。」

佑斯圖懂得他叔叔的意思。「如果我是你，我就不會去招惹瑪蒂妲嬸嬸。否則她一整天都會不高興。我們可以自己從碼頭走到我們放腳踏車的海灣。」

聽見佑斯圖這樣說，提圖斯叔叔就開著他那輛破舊的小貨車匆匆離去了。

碼頭旁邊有許多小鐵皮屋，一股新鮮燻魚的氣味從屋裡飄出來，佑斯圖的胃開始咕嚕咕嚕的叫。除了早上那個夾心麵包之外，一整個上午他都沒有再吃別的東西，而現在早已經過了中午。

簡金斯先生的辦公室裡一片混亂，書桌上堆滿了書籍和檔案夾，幾乎看不見桌面。這位老先生說：「很抱歉這裡這麼亂，但是我正在設法查出更多有關『幸運號』的資料。」

「結果呢？」莫爾鐸好奇的問，「有什麼令人興奮的消息嗎？」

「唉，唯一的消息就是幾乎找不到什麼資料。『幸運號』雖然登記在船舶登記簿裡，但這也是唯一的一筆資料。我們既不知道這艘船是在哪裡建造的，也不知道它究竟屬於誰。它就那樣忽然出現，又忽然消失。」

「是艘道道地地的幽靈船。」佑斯圖打斷了他。

「你說得沒錯。我查不到它的船籍港、它的船長、船上工作人員的名單，也查不到船上載的是什麼貨物。要不是你們拿了那個破救生圈給我看，我會懷疑這艘船是否真的存在過。」

老人家講話的時候，茱莉亞查看著掛在牆上的一幅海圖。「爸，這是岩灘市外面的海岸線嗎？」

「你是指這張圖嗎？沒錯，你可以在圖上看到那座碼頭，甚至看到你們發現那艘沉船附近的那座小海灣。不過這張圖已經很舊了，不再符合目前的情況，它現在只是一件紀念品。繪製這張圖的時間點應該在『幸運號』沉沒之前。」

他女兒突然拿起一支放

大鏡，更仔細的檢查那張海圖。「等一下！奇怪了，當年那座海灣裡有一塊突出來的岩石。而且從這張圖來看，那塊突出的岩石伸出海面的部分足足有二十幾公尺長。里歐，你印象中那裡有這塊岩石嗎？」

她的男朋友搖搖頭。「沒有。如果不是這張圖畫錯了，就是那塊岩石在什麼時候斷裂了。」

簡金斯老先生從書桌上那疊亂七八糟的資料中抽出另一張海圖。「喏，這張圖繪製的時間要比牆上那一張晚個幾年。果然！茱莉亞，你說得沒錯。這張圖上已經看不見那塊突出的岩石了。」

鮑伯更仔細的看了看牆上那張圖。「這裡寫著『一八九九年五月十二日』，正好是在『幸運號』出海航行的那一年。」

佑斯圖則檢查了從桌上抽出來的那張圖。「這張圖上面的日期是一九零一年八月二十日。這表示，那塊岩石消失的時間一定是在這兩個日期之間。」

茱莉亞伸手撥了一下頭髮，然後說：「我想我們快要解開這個謎題了。我想到一個解釋：當年一定是有一場大風浪讓那塊岩石無法承受巨浪的沖刷，被沖得脫離了陸地。這麼大的一塊岩石如果突然不見了，就會強烈影響海岸前方的洋流。我有把握，海灣裡那片沙洲就是這樣形成的。」

佑斯圖猜到這位女科學家想說些什麼。「我懂了。那片沙洲可能就在隨後的幾天之內形成。這表示，如果『幸運號』剛好就在那個時候沉沒，它就會立刻被埋在沙裡。」

可是鮑伯覺得這個解釋不怎麼合理。「佑佑，你說的也許沒錯。可是那片沙洲現在為什麼又突然消失了呢？」

佑斯圖揉捏著下唇，這是他專心思考時的習慣性動作。「啊，我想到了！提圖斯叔叔剛才不是才說過，這幾個月裡，碼頭的防波堤被延長了，一直伸進海裡。我想，一定是這道防波堤使得洋流又恢復了從前的狀態。防波堤的作用就跟當年那塊岩石是一樣的。」

茉莉亞拿起一張紙，開始畫了起來。「嗯，這個說法能夠解釋一些事。來，我畫給你們看。在這張圖上，可以看見那塊突出的岩石還在那座海灣裡。『幸運號』就躺在那裡的海底。後來那塊岩石斷裂了，洋流在那裡形成了沙洲。現在我把同樣的情況再畫一次。而在這一張圖上，碼頭裡忽然有了這道長長的防波堤。這道防波堤使得洋流又恢復舊時的狀態，於是一有大風浪來襲，那片沙洲就消失了。結果就是，『幸運號』的殘骸又被沖了出來。」

9

家長會議

里歐．莫爾鐸向窗外望了一眼，「我想，我們查到了一樁十分神祕的事情。看樣子，暴風不會再來了，大海漸漸平靜下來。我已經等不及明天再到那個海灣去了。但願天氣能一直保持晴朗。」

佑斯圖也充滿好奇。「莫爾鐸先生，我們明天也可以一起去嗎？」

「當然可以囉！畢竟那個地方是你們發現的。你們只需要先徵求家長的同意。」

佑斯圖已經想好一個計畫要去說服瑪蒂妲嬸嬸。她和提圖斯叔叔就像是他的親生父母。他的父母親在一場意外中喪生，當時他才五歲。從那以後，佑斯圖就跟瑪蒂妲嬸嬸和提圖斯叔叔住在岩灘市郊外的那棟屋子裡。

等佑斯圖騎著腳踏車穿過舊貨回收場的大門時，已經快傍晚了。他和彼得跟鮑伯約好隔天早上八點在碼頭上碰面。提圖斯叔叔還在忙著修理門廊，看到他回來，對著他喊道：「哈囉，佑斯圖，你們尋寶的事情後來怎麼樣了？」

佑斯圖說：「我們明天要繼續去找，我想問你，我可不可以再跟著一起去？」

叔叔猶豫了一下，「這個嘛，明天上午我要到市區辦一些重要的事情，所以這一次我不能跟你們一起去。而且你也知道，這種事情要由你嬸嬸來決定。不過，如果我是你的話，我就不會向她透露太多關於那艘潛艇的事。」

佑斯圖一邊思索，一邊走進廚房。瑪蒂妲嬸嬸正在廚房裡準備晚餐。「佑斯圖，怎麼樣，你們找到一艘老船了嗎？從你叔叔那裡問不出什麼名堂，而你早上說你們想在海灘上準備功課。我從一開始就不怎麼相信。畢竟你們現在是在放假。」

佑斯圖咬了一口去皮的胡蘿蔔，然後說：「我們今天學到的東西也很重要。你知道嗎？暴風會改變海中的洋流呢。說不定我會用這個題材寫一篇報告。」

「算了，你沒必要編故事來哄我。放假的時候，你們愛做什麼就做什麼，只要不是什麼危險的事就好。」

佑斯圖謊稱要做功課的計畫似乎沒能發生什麼效果。假如他把那部水陸兩棲潛艇的事告訴瑪蒂妲嬸嬸，那她絕對不會允許他再搭上那部潛艇了。

這時候門廳裡的電話響了，佑斯圖跑去接。「哈囉，我是佑斯圖．尤納斯。」

「嗨，佑佑，我是彼得。我剛剛把今天搭潛水艇下海的事情告訴我爸媽了，他們嚇了一大跳。他們說，除非有一個家長一起去，他們才會讓我去。明天我爸媽沒有空，而我剛剛跟鮑伯通過電話，他的爸媽也沒空。」

佑斯圖有點心煩。「那就完了。我們可以忘了這件事了，因為提圖斯叔叔也沒有空。」

「那就只剩下你嬸嬸了，佑佑。如果你能說服她，我就頒個勛章給你。不管怎麼樣，鮑伯和我明天早上八點都會到碼頭去。說不定會有奇蹟出現。」

「是啊，奇蹟。」佑斯圖嘀咕著掛掉了電話。這時提圖斯叔叔已經把門廊修理完畢，筋疲力盡的走到廚房坐下。「今天真夠累的，我還一直沒有時間拆信件。」

他拿了一把廚房用的小刀，開始把一小疊信件一封一封的拆開。

「唉，帳單，帳單，還是帳單，我掙錢的速度根本趕不上錢從口袋裡被拿走的速度。」等他拆開最後一封信，他的臉色突然變得蒼白。

瑪蒂妲嬸嬸擔心的問：「提圖斯，那封是什麼信？」

「怎麼會有這種事？」提圖斯叔叔喃喃抱怨著，「稅務局要我補繳四千美元，而且必須馬上去繳。我們哪裡湊得出這麼多錢。」

瑪蒂妲嬸嬸坐到他身邊。「四千美元？我們的存款才四百美元，而且我存這筆錢是打算買一部新的洗衣機。舊的這部從幾個星期前就一直發出奇怪的聲響。」

佑斯圖也沒了胃口。「提圖斯叔叔，這意味著什麼呢？」

「這意味著沒有好事。稅務局做事情通常不講情面，我希望我們能保住這棟房子。」

佑斯圖不敢相信自己的耳朵。「什麼？他們可以拿走我們的房子？」

叔叔沮喪的說：「唉，沒錯。我實在應該要多留心報稅的事，畢竟我有義務準時納稅。現在我只好希望有奇蹟出現了。」

接下來的時間，他們全都沉默的坐在廚房裡。佑斯圖腦中突然閃過一個念頭，他決定把這整樁冒險故事都說給嬸嬸聽，包括搭乘潛艇潛入海中的事。「叔叔，嬸嬸，你們說說看，如果有人在海底發現了寶藏，那他是不是就可以擁有寶藏？」

提圖斯叔叔訝異的看著他。「我懂了，你想的是海灣裡那艘沉船。那艘船對於研究人員來說可能非常有價值，可是我無法想像，在那艘船上能找到什麼貴重的東西。這種船隻當年運送的頂多是咖啡豆、香料或是地毯。在水裡泡了一百多年之後，也不會剩下什麼了。」

這時候瑪蒂妲嬸嬸插嘴：「佑斯圖，今天發生的事其實比你們告訴我的還要多，對不對？快說吧！」

於是佑斯圖把整件事都告訴她。提圖斯叔叔自知有錯，尷尬的看著地板。「瑪蒂妲，那艘潛水艇看起來非常可靠。雖然它發出了一點唧唧嘎嘎的聲音，也有一點搖晃，但它畢竟平安浮出了水面。」

瑪蒂妲嬸嬸解開繫在身上的圍裙。「佑斯圖，你真的以為我會讓你自己一個人搭那艘潛水艇去尋找寶藏嗎？」

佑斯圖也尷尬的看著地板說：「也不是不可能啊。」

「而且你以為我會眼看著兩個陌生人去檢查你們三個先發現的沉船嗎？到頭來他們會發現寶藏，而你們卻兩手空空。不，這可不行。明天我當然要跟著一起去！」

佑斯圖目瞪口呆的看著他的嬸嬸。奇蹟出現了——雖然和他原本的想像不太一樣。

10

尋寶

第二天一大早，沒等嬸嬸來叫，佑斯圖就醒了。才七點鐘，大家似乎都還在睡。還沒睡飽的他拖著腳步走下木頭樓梯。可是出乎他意料的，瑪蒂妲嬸嬸已經坐在門廊上，正在把一件救生背心塞進她的購物袋裡。

「早安，佑斯圖！這種背心曾經拯救過不少水手的性命，誰也不知道會不會出意外。你最好吃過早餐後就騎車去碼頭，你提圖斯叔叔

要去市區的時候會順便載我過去。現在你動作要快！這是我生平第一次去尋寶，我可不想遲到！」

佑斯圖從來沒見過嬸嬸這副模樣，有點被弄迷糊了。他跑去浴室刷牙，不久之後就坐在廚房裡，在麵包中夾進乳酪和香腸。提圖斯叔叔也已經起床了，他笑嘻嘻的說：「你嬸嬸做事常常出人意料，這就是我喜歡她的地方。」

佑斯圖最早抵達碼頭，放眼望去，只有幾個漁夫坐在小小的鐵皮屋前修補漁網。五分鐘後，鮑伯出現了。「嘿，佑佑，你平常總是最晚到，今天是怎麼回事？」

佑斯圖緊張的四處張望。「你馬上就會知道了，鮑伯。」

沒多久，彼得也到了。「佑佑。怎麼樣？奇蹟真的發生了嗎？」

「是啊，而且是個超級大奇蹟。你可以去準備要給我的勳章了。」

「別賣關子了！為什麼我們忽然可以在沒有大人陪同的情況下，搭乘『海神號』去尋寶？」

佑斯圖還來不及回答，提圖斯叔叔就駕著那輛破舊的小貨車抵達了。瑪蒂嬸嬸搖下車窗，向他們打招呼：「哈囉，你們可不要沒等我就先走了！」

彼得和鮑伯茫然的看著佑斯圖，異口同聲的喊道：「什麼？瑪蒂嬸嬸要跟我們一起去？」

「是啊，這又不是什麼壞事。如果她不去，我們也別想去了。」

至於稅務局的那封信，佑斯圖覺得還是不要提起比較好。

不久之後，里歐・莫爾鐸和他的女朋友茱莉亞也到了。「早安，小朋友們！今天的天氣正適合潛水去看那艘沉船。哈囉，尤納斯太太，謝謝你好心送這三個男孩過來。」

「早安，莫爾鐸先生。不過，我不是送他們三個過來，而是我也要跟著去。」

莫爾鐸驚訝得一時說不出話來，而他也不需要說話，因為瑪蒂妲嬸嬸有很多話要說。「我要一起去，因為畢竟是這三個男孩最先發現這艘沉船。我這樣說，是免得將來要分配寶藏的時候會有爭議。我想你明白我的意思吧？」

「我明白、我明白，尤納斯太太。」莫爾鐸嘆了一口氣。

茱莉亞就鎮靜多了，她對她的男友說：「這並不成問題，里歐。畢竟『海神號』上有六個座位。」

瑪蒂妲嬸嬸要爬上那部水陸兩棲的潛艇時，她心裡還是有點發毛。「幸好我帶著救生背心。」她一邊說，一邊把那個塑膠充氣背心從頭上套下去，再綁好背後的皮帶。「沒問題了！我們可以出發了！」

在前往那座海灣的途中，莫爾鐸向大家宣布今天的行程。「我租了一艘漁船，一整個星期這艘漁船都會停泊在那座海灣裡，充當我們的基地。現在它應該已經抵達那裡了。『海神號』上配有一部水中吸塵器。用這具吸塵器，我們可以把沉船上的沙子一點一點的吸起來。」

等他們繞過下一面岩壁，已經可以透過圓形船窗看見那艘租來的漁船。彼得認出了甲板上身穿藍色工作褲的男子。「你們看！那是碼頭管理員厄尼斯特·波爾托。」

莫爾鐸小心的把「海神號」並排停在那艘漁船旁邊，打開了艙口，喊道：「哈囉，波爾托先生！我們現在潛水下去，大約半小時之後，我們會浮上來更換電池。」

「沒問題，莫爾鐸先生。我會在上面等。」

接著莫爾鐸把壓載艙灌滿海水，「海神號」便緩緩的沉入海中。瑪蒂妲嬸嬸一隻手緊緊抓著她的購物袋，另一隻手則不時拭去額頭上的汗水。

海水清澈透明，明亮的陽光在海底的泥沙上閃動。好奇的魚群繞著「海神號」游來游去。莫爾鐸發動電力馬達，駕駛這艘潛艇前往發現沉船的地點。他們頭一次清楚看見他們前一天發現的木頭船，船身有一部分露在沙子外頭，折斷的桅杆清晰可見，船身外壁上有一個大洞。現在莫爾鐸讓「海神號」浮在沉船殘骸的正上方。「好，現在我把吸塵管放下去，開始吸掉蓋住『幸運號』的沙子。這得花一點時間。」

在乘客座椅的下方也有一扇圓形船窗，因此他們可以看見那條長長的管子垂下去，吸起沙子，在另一個地方再把沙子吐出來。

瑪蒂妲嬸嬸專注的看著這一切，一本正經的說：「你要小心，不要把錢幣或是寶貴的珍珠吸進去，否則就再也找不到了。」

漸漸的，那艘沉船露出來的部分愈來愈多。彼得指著一個木頭製的圓環說：「我敢打賭那是原來的舵輪。」

三十分鐘後，「海神號」浮出水面更換電池。他們一個個從窄小的艙口爬出來，換乘那艘漁船。現在甚至從水面上就能看出那艘沉船的輪廓。

「我真想直接潛水下去，」彼得說，「這裡的海水只有三公尺深。」

莫爾鐸說：「為什麼不呢？」說完就消失在「海神號」裡。過了一會兒，他回來了，手裡還拿著三副蛙鏡。「只要你們小心，別太靠近吸塵管，也要小心別被尖銳的東西刺到，我不介意你們潛水下去。當然，這得要尤納斯太太同意。」

瑪蒂妲嬸嬸這時也站在那艘漁船的甲板上，趴在船舷上往下看。「嗯，看起來的確不是很深。好吧，我不反對。你們要是發現了什麼，就趕快拿上來！」

不需要她再說一遍，三個問號就紛紛跳進水裡。海水很溫暖，佑斯圖戴上蛙鏡，深深吸了一口氣。「走吧，我們到『幸運號』去。」

11 鐘聲

三個問號用力划了幾下便潛入海中。吸塵管很有效率的吸走覆蓋在沉船上的沙子，那艘沉沒的帆船露出來的部分愈來愈多。他們驚動了一隻小墨魚，牠飛快的游走，身後留下一團烏雲。幾秒鐘之後，這三個男孩浮出水面換氣。鮑伯興奮的說：「這太瘋狂了，我們是第一批這麼接近那艘沉船的人。」

他們再度深深吸氣，第二次潛入海中。這一次，他們從另一側接

近那艘沉船。船艙外壁破了好幾個大洞，看來「幸運號」當年在暴風中撞上了尖銳的岩石，由於船艙進水而沉沒。彼得游在甲板上方，檢查著一件木器。佑斯圖和鮑伯必須換氣了，他們先動身浮上水面。彼得能在水裡待很久，他突然在沙子裡發現一件閃著亮光的東西。他小心的伸手去摸，一摸之下，小小的氣泡冒了出來，那件發亮的金屬漸漸露了出來。那東西圓圓的，而且很重。彼得的時間不多了，他果決的伸手一拉，從沙子裡拉出了一口鐘。他急忙游上水面，吸氣時還差點嗆到。

「我還以為你已經變成一條魚了呢，」鮑伯笑著說，「你怎麼能夠在水裡待這麼久？換作是我，早就淹死了。」

然而，當彼得把那口鐘拿給他看，鮑伯就不再笑了。「嘿，彼得又從水裡拉出了一件東西！你們看！是一個鐘！」

站在漁船上的人全都好奇的趴在船舷上向下望。瑪蒂妲嬸嬸高興的說：「彼得，別鬆手！快點過來！這看起來像是一件真正的寶貝。」

不久之後，這個溼漉漉的鐘就躺在漁船的甲板上，大家都圍著這件從沉船上找到的東西。茱莉亞試著讀出模鑄在鐘上的字母，她的男友探頭越過她的肩膀去查看。「FORTUNA（『幸運號』）。現在我們可以完全確定這艘船的名字了。」

瑪蒂妲嬸嬸拿出了一塊抹布把這口鐘擦乾。「如果有人發現了寶藏，究竟該怎麼處理呢？誰可以擁有它？」

莫爾鐸戴上太陽眼鏡。「這個要等找到了寶藏再說。沉船上的一口鐘還不算是寶藏。另外，要看這個寶藏是在哪個水域被發現的。例如，有些沉船殘骸根本就不允許任何人接近。有時候，沉船也還有物主。所以，究竟誰能擁有找到的東西，其實很難說得清楚。無論如何，還是可能拿到一筆豐厚的賞金。」

瑪蒂妲嬸嬸沒有被他這番話唬住。「好，那我說這口鐘就先交給這三個男孩。」

茱莉亞露出笑容說：「沒問題，這口鐘並不是金子做的，但卻是個很好的紀念品。」

不久之後，「海神號」第二次潛入海中，不一會兒，「幸運號」

的整個船首就全部露了出來。彼得把鼻子貼在潛艇的圓窗上，喃喃的說：「但願不會突然出現一個骷髏頭。」

佑斯圖指著沉船殘骸的船首說：「你們看！那雖然不是骷髏頭，看起來卻像是個船頭雕像。沒錯，是個木雕的美人魚。」

莫爾鐸把吸塵管伸進沉船殘骸的內部，進到愈來愈深的地方。突然，吸塵器的馬達聲音變得斷斷續續，整艘潛艇也一陣抖動。莫爾鐸立刻把吸塵器關掉。「糟了！吸塵管一定是吸進了什麼體積比較大的東西，阻礙了馬達的運作。但願管子沒有塞住。」

但是他的希望落空了。他試了好幾次，卻都無法再啟動那具吸塵器。「唉，各位，今天就只好到此為止了。我得駕駛『海神號』回陸地上修理。不過，我們今天還是小有收穫。現在我們去把那個木雕美人魚撈上來，然後就回去。」

這時候，小漁港裡人人都聽說了「海神號」裡的這批人在找什麼。當這部水陸兩棲潛艇從碼頭的斜坡駛上陸地時，漁夫們都好奇的探出頭來，興奮的交談，編出了關於黃金、船怪和海盜寶藏的離奇故事。

莫爾鐸打開艙蓋，「好，大家下船！我希望我很快就能把『海神號』修好。」

彼得抓起那口鐘，爬出潛艇。瑪蒂妲嬸嬸在他身後喊：「小心，可別弄掉了！」

先前莫爾鐸把那具木雕美人魚綁在船艙上，現在他小心的把雕像放下來。碼頭管理員波爾托在旁邊協助。「好，我拿穩了。你可以把這個美人魚放在我的碼頭辦公室前面，放在那裡絕對不會搞丟。」接著他指著鮑伯說：「嘿，小朋友，這件事就交給你了！」

鮑伯驚訝的說：「我嗎？可是她幾乎光著身子。」但他只猶豫了一會兒，就抱起這個雕像，拿到碼頭辦公室前面去放。

12

字母謎題

提圖斯叔叔已經坐在小貨車上等候瑪蒂妲嬸嬸，三個問號則騎上腳踏車前往「咖啡壺」。瑪蒂妲嬸嬸在他們身後喊道：「佑斯圖，別太晚回家。今天我會煮湯麵。」

現在是中午，濱海公路的柏油路面被陽光曬得閃閃發亮。到了「咖啡壺」，佑斯圖先從背包裡拿出夾心麵包，分給他的兩個朋友，然後說：「我告訴你們，這口鐘絕對只是個開始。我敢打賭，我們在

『幸運號』上還會發現更多東西。可惜那個吸塵器壞了。」

彼得肚子餓了，一邊大口吃著夾了乳酪的麵包，一邊說：「現在只希望天氣不要變壞。少了沙子的保護，『幸運號』完全抵擋不了洋流的衝擊。再來一場暴風雨，這艘沉船的殘骸就會被沖得四分五裂，到時候我們就得到全加州的海岸去撿碎片。」

鮑伯並不餓，他先仔細檢查那口鐘。「書裡面居然沒有關於『幸運號』的記載，這實在很奇怪。」

「說不定那是一艘海盜船，所以誰也不想張揚。」彼得說，他嘴裡還塞滿了麵包，「而且我們還找到了一支鐵爪，一艘普通的船哪裡需要這種東西。」

佑斯圖又伸手拿了一塊麵包。「當然，『幸運號』也可能是遭到海盜的攻擊。海盜用那支鉤船鐵爪把『幸運號』拉近，再把船上的人員都推下大海，最後在這裡的海岸前面把『幸運號』弄沉了。什麼情況都有可能。」

鮑伯把那口鐘拿在手裡，一聲清亮的鐘聲響起，他說：「這艘船毫無疑問就是『幸運號』。」接著他用T恤把眼鏡擦乾淨，更仔細的檢查這口鐘。

「怎麼了？」彼得笑嘻嘻的問，「難道它是金子做的嗎？」

鮑伯說：「不，這是用另一種金屬做的，也許是銅或是黃銅。可是這些字母有點不太對勁。」

佑斯圖也湊過去看。「哪裡不對勁？」

「這裡！你仔細看看這些模鑄的字母，一個一個的看。在FORTUNA這幾個字母當中，F這個字母跟另外幾個字母有點不一樣。」

佑斯圖仔細檢查後表示同意。「沒錯，這個字母有點歪，彷彿是後來才有人把這個F鑄上去的。」

彼得放下手裡的麵包。「可是如果沒有F，就只剩下ORTUNA，這會是什麼意思呢？說不定那個字母只是湊巧有點歪。」

佑斯圖搖搖頭。「我說過我不相信巧合。我們要查清楚這件事。」

雖然吃過麵包，佑斯圖還是覺得餓，一心掛念著瑪蒂妲嬸嬸煮的湯麵。「好吧，今天我們也不能再做什麼了。我提議我們明天一早在碼頭見。免得莫爾鐸修好了馬達，沒等我們就自己去尋寶了。」

彼得和鮑伯同意。等他們騎車回到岩灘市，他們就分頭回家了。

提圖斯叔叔拿著一杯咖啡，舒舒服服的坐在門廊上，看見佑斯圖回來，愉快的向他打招呼：「哈囉，佑斯圖，你瑪蒂妲嬸嬸跟我說了很精采的故事，可惜我今天沒能一起去。我很想看看你們找到的那口鐘，你知道的，我對所有的舊東西都感興趣。」

「很抱歉，那口鐘被我們放在咖……」佑斯圖差點說溜了嘴，洩漏了他們的祕密基地，他趕快改口：「我們放在彼得家的儲藏室了。畢竟那口鐘是他發現的。」

這讓提圖斯叔叔感到很遺憾。「真可惜。也許下次他到我們家來的時候，可以順便帶過來讓我看看。」

這時候瑪蒂妲嬸嬸也走到門廊上。「哈囉，佑斯圖，我們已經吃過了，不過，我可以幫你把湯麵再加熱。先前我把鍋子擺在窗臺上想要放涼，結果現在變得太冷了。」

瑪蒂妲嬸嬸煮的湯麵非常好吃，沒有人比得過。只有嬸嬸自己做的櫻桃蛋糕比她煮的湯麵更棒，她的櫻桃蛋糕可是得過獎的呢。肚子正餓的佑斯圖跑進廚房，坐在桌前，看著瑪蒂妲嬸嬸在湯鍋裡翻攪。

嬸嬸一邊攪拌，一邊說：「順便說一下，我其實不太喜歡尋寶這種事。雖然我也希望能支付稅務局的帳單，可是我覺得尋寶不是件好事。發現寶藏總是會引起別人的嫉妒。金錢會改變一個人。不過，也許是我想太多了。好了，湯熱好了。」

瑪蒂妲嬸嬸拿來一個深盤子，想用一支大勺子舀湯，可是她突然發出一聲尖叫。佑斯圖從椅子上跳起來，提圖斯叔叔也衝進了廚房，擔心的問：「瑪蒂妲，你被燙到了嗎？」

「沒有，沒有燙到！可是你們看看，湯裡面有什麼東西！」嬸嬸用顫抖的手拿著那支勺子，伸到他們面前。她剛從湯鍋裡撈出了一個小小的骷髏頭！

「天哪，這是什麼？」提圖斯叔叔震驚的喊。

佑斯圖頓時沒了胃口。「太噁心了！湯裡面怎麼會有骷髏頭？」

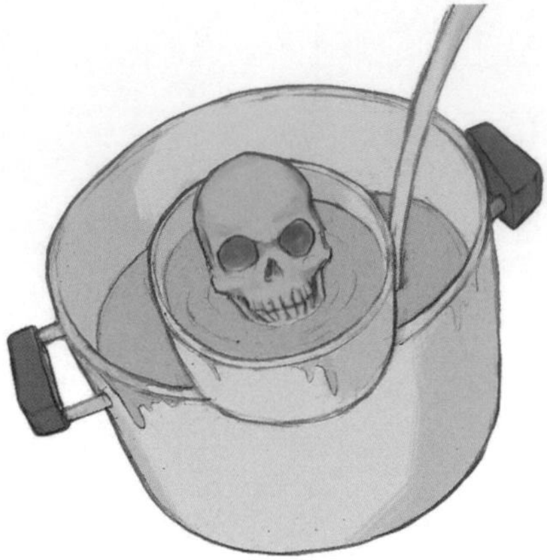

瑪蒂妲嬸嬸也覺得噁心，她把骷髏頭扔進垃圾桶。好幾分鐘後他們才鎮靜下來。

佑斯圖最先開口：「這是怎麼回事？這個骷髏頭是從哪裡冒出來的？」

提圖斯叔叔壯起膽子，朝垃圾桶看了一眼。「嗯，真奇怪，這東西太小了，而且……」

「而且什麼？」瑪蒂妲嬸嬸害怕的問。

佑斯圖也小心翼翼的走近垃圾桶，仔細看了一眼。「提圖斯叔叔，你想得沒錯。這只是個仿製品！它的後腦上還寫著『中國製造』。」

提圖斯叔叔用兩個指尖拿起那個骷髏頭，在水龍頭下沖掉沾在上頭的麵條。「沒事了，剛才只是一場虛驚。這只是個便宜的塑膠玩具。佑斯圖，是你搞的鬼嗎？」

「我？才不是呢，我可以發誓。一定是有人趁著嬸嬸把湯鍋放在窗臺上冷卻的時候，把這個骷髏頭扔了進去。」

瑪蒂妲嬸嬸不知所措的說：「可是為什麼會有人想做這種事？」

佑斯圖揉捏著他的下脣思索著。「這只有兩種可能：如果不是有人惡作劇，就是有人想用這個辦法來警告我們。」

瑪蒂妲嬸嬸伸手攏了一下頭髮。「我就知道。這一定跟尋寶這件事有關。死掉的海盜、沉沒的船隻，還有湯麵裡的骷髏頭。唉，早知道我就不要跟你們一起去了。」

佑斯圖打定主意後，走到電話旁邊，撥了鮑伯家的電話號碼。

「鮑伯嗎？是我。請你馬上打電話給彼得，我們在碼頭見！對，馬上——你們動作要快。我有新的消息。」

13

不明攻擊

佑斯圖最慢抵達碼頭。

「怎麼回事，佑佑？」彼得遠遠看見他，就對著他喊，「你先是要我們緊急集合，然後又讓我們等。」

「對不起。可是我這輛破腳踏車實在騎不快。我該請提圖斯叔叔再替我組裝一輛新的了。」

彼得說：「好啦、好啦……可是究竟是怎麼回事呢？」

於是佑斯圖就把剛才發生的那件事告訴他們。鮑伯搖搖頭，「誰會把塑膠骷髏頭扔進湯麵裡？這根本沒有意義！」

佑斯圖卻有不同的看法。「嗯，我認為是有人想讓瑪蒂妲嬸嬸害怕。而這個人也成功了。現在她不想再去尋寶了。」

彼得檢查了佑斯圖帶來的那顆骷髏頭。「看來，對『幸運號』感興趣的人愈來愈多了。這也難怪，城裡有一半的人都在談論這件事。」

佑斯圖點點頭。「所以我們要把握時間。現在我想弄清楚，這個新的船名是怎麼回事。」

「ORTUNA？」

佑斯圖說：「沒錯。跟我來！也許我們能在簡金斯老先生的船舶登記簿裡找到資料！」

三個問號興奮的跑去那位老先生的模型船博物館。彼得納悶的說：「奇怪，沒人，平常他總是坐在門口抽菸斗啊。」他對著屋裡輕聲喊道：「簡金斯先生？您在裡面嗎？」可是他的聲音太小了，沒人聽得見。他們小心的試著打開入口的門，發現門並沒有上鎖。彼得又小聲的說：「簡金斯先生？哈囉？是我們。」

三個問號忐忑不安的走進放著那張大鯊魚嘴的房間，太陽快要下山了，屋裡的東西都浸浴在一片紅光裡。他們一步一步的走近通往簡金斯先生辦公室的樓梯，老舊的木頭地板在他們腳下嘎吱作響。

樓上忽然傳來「砰」的一聲，像是有件重物落在地板上。彼得不安的四處張望。「我覺得情況有點不妙，我們還是離開這裡吧！」

忽然，樓上有一扇門被推開了，佑斯圖的反應很快。「彼得，你說得對，事情的確有點不對勁。快，我們快躲進後面那個大箱子裡。」

他們沒有多想，就急忙爬進那個大箱子，蓋上箱蓋。時間恰到好處，因為就在這一刻，他們聽見有人快步走下樓梯。佑斯圖、彼得和鮑伯屏住了呼吸。那人似乎停了一下，接著有腳步聲接近大箱子。一會兒之後，他們頭上傳來「喀」的一聲，是那人坐到箱子上。三個問號聽見翻書的聲音，過了好一會兒，什麼事也沒有發生。終於，腳步聲又走遠了，幾秒鐘之後，他們聽見大門被關上的聲音。

佑斯圖小心的把箱蓋推開一條縫，偷偷往外面看。「沒人了，我們可以出來了。」他們仍然不敢大聲說話。

「我真想知道剛才那人是誰。」鮑伯低聲的說，「一定不會是簡金斯先生。那個老先生沒辦法用這麼快的步伐下樓。那會是誰呢？」

三個問號同時望向那道狹窄的樓梯。接著佑斯圖鼓起了勇氣。

「走！我們上樓去！否則我們永遠不會知道那裡發生了什麼事。」

他們緊跟著彼此，一個接一個的爬上樓梯。書桌上仍然擺滿數不清的書籍，一支菸斗掉在地板上，鮑伯小心的把它撿起來。「菸斗是點燃的。」他說。

佑斯圖輕輕的打開另一扇門。「簡金斯先生？您在裡面嗎？一切都還好嗎？」突然，他們聽見了輕微的喘氣聲。

佑斯圖又叫了一聲：「簡金斯先生？」

彼得害怕的說：「佑佑，聲音是從後面那個衣櫥裡傳出來的。」

他們必須採取行動。佑斯圖走到那個衣櫥前面，猛然打開衣櫥的門。一個人蹲在裡面，頭上罩著一個袋子，雙手被人用膠帶綁在背後。

鮑伯拿掉罩在那人頭上的袋子，吃驚的大喊：「簡金斯先生？原來是您！發生了什麼事？」

可是那位老先生沒辦法

說話，因為有人在他嘴裡塞了一條手帕。等到佑斯圖把手帕拿掉，老人才放鬆下來，深深吸了一口氣，然後說：「感謝老天，原來是你們。那個闖進來的人被逮住了嗎？」

彼得搖搖頭。「沒有。我們沒有被他逮住就很幸運了。您有認出那人是誰嗎？」

老人說：「可惜沒有。我坐在書桌前，突然有人從後面用袋子罩住我的頭，轉眼之間我就被綁住了，那人又在我嘴裡塞了個東西。之後發生的事你們也知道了。桌上有把剪刀，麻煩你們把我身上這些膠帶和繩子剪斷。」

14 船名的真相

過了好一會兒，大家才恢復鎮靜。彼得先開口：「您得去報警！」

簡金斯先生說：「我當然會去報警。只可惜針對這個犯罪的人，我能告訴警方的不多。為什麼會有人這樣對付我？他想在我的辦公室裡做什麼呢？」

佑斯圖看著桌上那堆為數眾多的書。「我總覺得這一切都跟『幸運號』有關。這不是一艘普通的沉船，而解開這個祕密的鑰匙一定就

在您這些書裡。」

老先生說：「我已經說過了。書裡幾乎找不到關於『幸運號』的任何資料。」

佑斯圖深深吸了一口氣，「從現在起，我們要找的不再是『幸運號』，而是一艘叫做ORTUNA的船。」

老先生很驚訝，於是佑斯圖把整件事情說給他聽，關於那口鐘，還有鐘上那個後來才鑄上去的字母。

老人說：「這件事實在令人驚訝。我們又有了一絲線索。我馬上就去登記簿上找這個新的名字。」說完他就在那堆書裡翻找，「奇怪，我很確定我把它放在書桌旁這堆書上面。一定是有人把它拿走了。」

彼得突然靈機一動，「等一下，也許我們的運氣不錯。」接著他跑下樓梯。

他猜對了，那個不知名的闖入者就是衝著這本書來的，離開之前他把它放在一個玻璃櫃上。彼得興奮的拿著那本書又跑上樓。「我找到這本書了。看來那個不知道是誰的人跟我們有同樣的想法。你們看，這本書就翻開在ORTUNA這一頁！」

佑斯圖握緊了拳頭。「可惡！這表示這個人搶先了一步。他一定知道那口鐘的事。簡金斯先生，快點告訴我們，在ORTUNA這個名字下面記載了什麼？」

老先生戴上了眼鏡。「嗯，ORTUNA跟FORTUNA這兩艘船的式樣相同。ORTUNA屬於一個名叫荷西．歐圖納（Ortuna）的人。接下來這個記載就有意思了，這個人也擁有墨西哥國家銀行。啊，現在我有點明白了。」

「簡金斯先生，您就快說吧！」

「你們聽好了！『歐圖納號』是一家銀行的資產。從前的銀行在運送金錢的過程中常會被匪徒攔截，所以有些銀行會選擇走海路來運送金子和銀子。可是這樣做也並不保險，因為海上也有海盜。一艘船如果用一個銀行家的名字來命名，當然就很難運送大筆金錢渡海而不引人注目。所以，他們很可能乾脆替那艘船改了個名字，多加一個字母，ORTUNA就變成了FORTUNA。只不過，看來他們改掉那口鐘上面的名字時有點馬虎。換句話說，『幸運號』簡直就是一艘運金船。」

鮑伯驚訝的說：「這真是太瘋狂了！」

「孩子，你說得沒錯。可是『幸運號』雖然名字叫做『幸運』，它的運氣卻不好。它和船上的人員大概是碰上了一場暴風雨，在海岸附近沉沒。再加上洋流改變，形成了沙洲，它就永遠被埋在沙子底下了。」

佑斯圖把那本書拿在手裡。「並不是永遠。延長的防波堤和最近那場暴風讓它又從沙子裡露了出來。另外，這本書上甚至還記載著『歐圖納號』船長的名字：曼努埃．羅德里戈。聽起來也像個墨西哥名字，而且這裡寫著他只有一條腿。」

老先生瞇起了眼睛，努力回想。「羅德里戈……羅德里戈？這個名字很耳熟。對了，沒錯！在碼頭後面不遠的地方，從前有座小墓園，葬著外地的水手。那算是一種紀念，因為從前有許多水手在波濤洶湧的大海上喪生。我好像曾經在那裡見過這個名字。」

天色已經暗了，佑斯圖思索著：「也許這是另一條線索。走，我們去看看。」

彼得敲敲自己的額頭。「佑佑，你腦筋有問題嗎？天都黑了，我才不想到墳場去！」

「你別這麼膽小啦！你明明也聽見了，那不是墳場，而是座紀念墓園。」佑斯圖說。

彼得讓步了，他跟在他的兩個朋友後面。簡金斯先生在他們身後喊道：「當心點，小朋友們！我現在就打電話給雷諾斯警探，之後再打給我女兒。唉，這是什麼年頭啊。」

等他們走到戶外，彼得打了個哆嗦。「嘿，剛剛是不是有人從後面跑走？」

鮑伯拍拍他的肩膀。「哪有，你不要疑神疑鬼的。」

15

鬼魂現身

幾片烏雲從天上飄過，碼頭現在空無一人，只有兩隻貓張牙舞爪，在長長的防波堤上爭奪一條魚。這一切讓彼得又失去了勇氣。

「簡金斯先生說，我們應該走後面那條長滿雜草的路到墓園去。那裡黑漆漆的，我不知道該不該去。」

鮑伯也不禁嚥了一口口水。「也許你的擔心是有道理的。我們甚至連手電筒都沒帶。我們可以等明天早上太陽出來之後再去看。」

佑斯圖笑著坐上他的腳踏車。「提圖斯叔叔在我車上裝了比手電筒更好的東西。注意囉！」他按下一個開關，安裝在腳踏車把手上的一盞大燈投射出刺眼的光線，照亮了整個碼頭。

在強光之下，彼得和鮑伯一時睜不開眼睛。佑斯圖笑著說：「你們很驚訝吧？這是一輛舊卡車上的強光燈。我叔叔把電池藏在坐墊裡。這下子你們沒有逃避的藉口了吧！」

佑斯圖推著他的腳踏車走在前面照路，彼得和鮑伯跟在他後面。看來這條小徑已經很久沒有人走了，灌木和荊棘從他們腿上拂過。他們沿著這條狹窄的小路彎彎曲曲的走上山坡，一路上能夠眺望太平洋美麗的景色，從雲層後面偶爾透出星光。彼得很高興有明亮的車燈照路，他對鮑伯和佑斯圖說：「簡金斯老先生跟我們說的其實只是一種可能的解釋，對吧？」

佑斯圖停了下來，答道：「沒錯。可是這個解釋聽起來很合理。我們的任務是去加以證明。」

「可是我們要怎麼證明呢？」彼得問。

佑斯圖說：「嗯，其實只有一個辦法，那就是沉船的殘骸應該會給我們答案。如果那艘船真的是用來運送財物，那麼只要運氣夠好，我們就會找到很多金子，或是其他貴重的物品。」

鮑伯點點頭。「這會是最好的解答。死去的那個羅德里戈船長絕對無法告訴我們答案。」

月亮短暫的露出臉，照亮了海岸。彼得忽然向後退了一步，「你們看那裡！看見了嗎？在那後面的山坡上！」佑斯圖和鮑伯嚇了一跳，往彼得所指的方向看過去。彼得驚慌的說：「沒錯，就是那裡，有個人站在山坡上，對吧？」

現在鮑伯也看見了，「彼得說得沒錯。而且如果我沒有看錯，那人有一條木腿。沒錯，我很確定。」

「是羅德里戈。」彼得用沙啞的聲音說，不敢移動腳步。

一小片雲又遮住了月亮，那個有木腿的人也跟著消失了。佑斯圖試著用他車上的探照燈往那個方向照。「如果不是羅德里戈想阻止我們去尋找他的寶藏，就是有人想嚇唬我們。我不相信有鬼，而且這個人看起來活生生的。走吧，我們繼續前進！」彼得不敢反駁，只好不情願的拖著腳步跟在後面。

不久之後，他們就抵達那座紀念墓園。這個地方缺乏照顧，雜草叢生，許多墓碑已經倒下，上面的字母幾乎無法辨識。佑斯圖用車燈照著每一塊石碑，鮑伯神情肅穆，小聲的說：「我從來沒想過有這麼多水手溺死在海上。」

最後他們來到一塊刻著許多名字的石碑前面，那些名字按照字母順序排列。彼得大聲的唸出來：「歐斯華、普萊德、普爾曼、雷普利、羅德里戈……這就是他，曼努埃．羅德里戈。這塊石碑上甚至還刻著日期：一八九九年。看來當時溺死的人很多。」

佑斯圖點點頭，「沒錯，『歐圖納號』上的全體船員。他們把寶藏的祕密帶進了墳墓，而他們的墳墓就是大海。」

但是這塊石碑並沒有帶給他們進一步的線索，三個問號決定第二天再繼續調查。

往回走的時候，鮑伯又注意到一塊特別大的石碑。「我大概需要再配一副新眼鏡了。你們兩個看得到那塊石碑上寫著什麼嗎？」

三個問號緩緩走近那塊石碑，然後他們全都愣住了。佑斯圖想把石碑上的字唸出來，但是他動著嘴脣，卻發不出聲音：「三個問號，佑斯圖．尤納斯、彼得．蕭、鮑伯．安德魯斯。」

三個問號
佑斯圖·尤納斯
彼得·蕭
鮑伯·安德魯斯

16

謎團揭曉

這下子彼得受夠了，他喘著氣說：「這又是怎麼回事？如果是有人想要嚇唬我們，那他成功了。我要馬上回家！」

但是鮑伯抓住他的T恤，「等一下，我這副眼鏡其實看得還算清楚。」他仔細檢查那塊寫著他們名字的石碑。

「鮑伯，小心點！」

「沒事，只是虛驚一場。名字才剛漆上去，顏料還沒乾呢。」

儘管如此，現在他們三個只想盡快離開這個地方。佑斯圖腳踏車上的電池快沒電了，只能發出一道微弱的光束照著地面。佑斯圖思索著：「會是誰在搞鬼呢？知道『幸運號』的人很多，可是還有誰知道那口鐘的事？」

鮑伯想了一下，開始數了起來，「見過那口鐘的有茱莉亞、她的男朋友莫爾鐸，還有波爾托先生。瑪蒂妲嬸嬸我想可以先排除在外。」彼得朝碼頭管理員的辦公室看了一眼，「我很想知道，波爾托先生為什麼一定要我們把那個船頭雕像放在他那裡？」

鮑伯也想起了這件事。「不知道。那個光著身子的雕像很古怪。唉，我真的累了。」

看見佑斯圖回來，瑪蒂妲嬸嬸很高興，她已經開始擔心了。「你總算回來了。自從發生骷髏頭那件事，我就沒辦法清楚的思考。」提圖斯叔叔也還沒睡，他問佑斯圖：「你們有了什麼新發現嗎？」佑斯圖搖搖頭，撒了個謊：「沒有。」他不想讓嬸嬸更加不安，寧可不要告訴她今晚他們在墓園裡的發現。

第二天早上，他們又聚在廚房裡。佑斯圖沒睡好，睡眼惺忪的看著碗裡的玉米片，卻一點也不覺得餓。

提圖斯叔叔正打算去修理洗衣機，這部機器昨天終於罷工了。「瑪蒂妲，我想這部洗衣機不行了。如果不想動用付稅的那筆錢，接下來這段日子我們就只好用手洗衣服。」

聽見這番話，佑斯圖趕快把早餐吃完。畢竟他們還有一絲機會能找到寶藏。

他騎上腳踏車，趕往「咖啡壺」。在濱海公路上他遇到了彼得，彼得向他打招呼：「哈囉，佑佑！我想鮑伯大概還沒到。昨天晚上他差點就在腳踏車上睡著了。」

不久之後，他們從濱海公路上轉進一條小路，朝著「咖啡壺」騎去。佑斯圖先看見了鮑伯，「你猜錯了，彼得，鮑伯比我們還早到。等一下！你看見他的腿了嗎？嘿，鮑伯！那是什麼？」

現在彼得也看見了，「噢，不會吧，那是一條木腿。鮑伯，出了什麼事了？」

鮑伯忍不住笑了。他靠在「咖啡壺」的鐵條梯子上，解開了那條木腿。「這是我昨天晚上湊巧在地下室發現的。這是有一年萬聖節的時候，我爸買給我的。只要把小腿向後彎，再把膝蓋放在木腿上，就可以假扮成有一條木腿的人。我敢打賭，昨天晚上那個船長鬼魂用的就是這種道具。」

佑斯圖也忍不住笑了。「我們又解開了一個小謎題。許多小謎題解開之後，最後就能解開大謎題。走吧，我們要把握時間。希望莫爾鐸還沒有出發。」

當他們抵達碼頭，發現佑斯圖擔心的事情已經發生了。一名漁夫告訴他們，那部水陸兩棲潛艇和碼頭管理員的船在一個小時前就一起出發了。於是三個問號馬上騎車到那座小海灣。不久之後，彼得喊道：「嘿，我已經看見碼頭管理員的漁船停在那後面了。說不定『海神號』才剛剛潛入海中。」

他們急忙把腳踏車停好，爬下岩壁上的陡峭石階。那艘漁船就停在不到一百公尺外的海上，三個問號決定游過去。

波爾托看見他們三個游過來，先是很訝異，然後笑嘻嘻的說：「哪裡來的水鼠？如果你們要找『海神號』，你們就得潛入海中。喏，我把蛙鏡扔進水裡給你們，據說戴上蛙鏡更容易潛水。」他一邊抽著菸，又笑個不停，差點嗆到。

三個問號深深吸了一口氣，隨即潛入水中。他們簡直不敢相信自己的眼睛！蓋住「幸運號」的沙子幾乎全被清除了，而「海神號」浮在這艘沉船上方，正在把沉船上最後的沙子吸走。

當他們浮出水面換氣時，彼得吐著氣說：「你們看見了嗎？『幸運號』平躺在海底，好像隨時可以揚帆出海。走，我們去敲敲『海神號』的圓窗，跟他們兩個打聲招呼。」

當三個問號出現在「海神號」的圓窗前，茱莉亞和她男友嚇了一跳。但他們兩個隨即露出友善的笑容，豎起了大拇指。

不久之後，「海神號」浮出水面更換電池。艙口被打開，莫爾鐸探出頭來。「早安，你們三個。你們可把我們嚇了一大跳。起初我還以為是鯊魚在敲打窗戶玻璃呢。」大家都笑了，碼頭管理員替他們每個人倒了一杯果汁。

茱莉亞說：「我們等了你們一會兒，沒看到你們，我們就決定先出發了。那艘沉船很漂亮吧？真想把它打撈出來放在博物館裡展覽。」

鮑伯發現甲板上有一尊大砲，他好奇的問：「這是在『幸運號』上找到的嗎？」

莫爾鐸高興的說：「這尊大砲很棒吧？它只有一點生鏽，說不定還能使用。我們也從那艘沉船裡撈起了一個密封的瓶子，裡面的火藥還是乾燥的呢。波爾托先生還忍不住馬上把火藥裝進大砲裡。波爾托先生，我說得沒錯吧？」

波爾托說：「嗯，這可是個難得的機會，我想試著發射看看。不過，有小孩子在船上，我就不會這麼做了。」

佑斯圖卻急著想問別的問題：「你們也找到了其他有價值的東西嗎？我是指金子或銀子之類的寶藏？」

茱莉亞搖搖頭。「可惜沒有。就只有幾個酒瓶、幾顆砲彈、一些餐具和生鏽的叉子。而船上的石頭也賣不了錢。」

鮑伯訝異的追問：「他們為什麼會用船來運石頭呢？」

莫爾鐸回答了這個問題：「這些是壓艙石。石頭就跟鉛一樣重，他們把石頭放在帆船船身最低的位置，免得風太大的時候帆船會翻覆。這跟不倒翁是同樣的原理。好了，現在我得替『海神號』更換電池了。」

三個問號坐進放在漁船上的救生艇，把果汁喝掉。鮑伯和彼得都看得出來，佑斯圖正在拚命思索。鮑伯笑嘻嘻的說：「我看你的腦袋都快想破了，你到底在想什麼？」

「我在想，假如我是從前那些人，我會怎麼做？」

「你是什麼意思？」鮑伯問。

佑斯圖說：「要用船來運送黃金並不是件容易的事。我的意思是，銀行總不能大搖大擺的把黃金搬到船上，放進船艙。看到那麼多黃金，船上的水手馬上就會把金子偷光。再說海上還有海盜！所以，銀行的人一定想出了一個藏黃金的好辦法。」

現在換鮑伯皺起眉頭。「說不定羅德里戈船長把金子藏在他的木腿中？那裡可以塞進一些。」

彼得搖搖頭。「我無法想像銀行會把那麼多金子託付給只有一條腿的船長。」

「我也這麼認為，」佑斯圖繼續說，「不管是誰，看到那麼多金子都會動心。不，我認為船上的工作人員根本就不知道他們運送的東西有多貴重。說不定他們把幾箱葡萄酒運上船只是裝裝樣子，所以，我們再想想，在一艘船的哪個地方可以藏大量的金子？」

一個念頭突然從佑斯圖腦中閃過。「等一下！莫爾鐸剛才是怎麼說的？石頭重得像鉛一樣？當然！而鉛就跟金子一樣重！」

鮑伯替他把話說完。「這就是謎題的答案：他們把黃金混在壓艙的石頭裡。」

「沒錯。你們知道我們現在該怎麼做嗎？首先我們去問一下波爾托先生，請他准許我們使用船上的電話。我們必須把這件事告訴雷諾斯警探。然後我們就潛入海中去尋寶。」

波爾托聽了他們的請求，納悶的把電話聽筒遞給他們，接著就去幫忙莫爾鐸更換「海神號」的電池。

佑斯圖打電話到警察局，小聲的把金子的事說給雷諾斯警探聽，「另外麻煩您把簡金斯先生一起帶來，可以的話，最好是把提圖斯叔叔和瑪蒂妲嬸嬸也找來。」

打完電話，三個問號抓起蛙鏡，跳進水中，深深吸了一口氣，就消失在海裡。

「幸運號」平靜的躺在海底，只有幾條魚愜意的躲在船身上的凹洞和縫隙中。不過，三個問號沒有欣賞游魚的興致，他們匆匆往下潛進那艘沉船的深處，終於看見不遠處有一大堆石頭，有些石頭甚至從船身的破洞掉出來。佑斯圖撿起兩塊石頭，對敲了一下。他不覺得手裡拿著的是金子，於是他又拾起另一塊石頭，而這一次情況就不同了。這塊石頭重得出奇，而且表面比其他石頭還要光滑。佑斯圖急忙去找一個尖銳的東西，結果找到一根生鏽的釘子。他輕輕用釘子去刮這塊石頭的表面，結果薄薄的一層外殼裂開，露出閃閃發亮的東西。

是黃金！

17

奇蹟出現

三個問號簡直不敢相信。他們真的找到了「幸運號」上的寶藏。可是他們沒有高興太久，因為突然有人用力抓住佑斯圖的脖子，把他往上拉。彼得和鮑伯認出了那個人就是里歐‧莫爾鐸。

接著他們一個接一個的浮出水面。茱莉亞站在漁船的船舷邊上，一臉疑惑的看著她的男友。「里歐，這是怎麼回事？你為什麼突然跳進水裡？又為什麼緊緊抓著那個男孩的脖子？」

莫爾鐸凶狠的說：「少囉唆，去坐在碼頭管理員旁邊！」茱莉亞一時弄不明白這是怎麼回事，只好照著他說的話去做。不久之後，大家都回到那艘漁船上，莫爾鐸抓起一支長長的鐵棍。「好了，遊戲結束了。一旦發現了金子，事情就不同了。這幾個男孩讓我找到了正確的線索，幸好他們沒有被我扮的鬼給嚇到。」

佑斯圖吐出嘴裡的海水。「所以湯鍋裡那個骷髏頭、墓園裡的獨腳船長，還有墓碑上的字全都是你搞的鬼？」

「沒錯，那些惡作劇的效果很好吧？你們不該那麼多嘴，把你們發現的事說出去，我全都聽到了。之前在老簡金斯那裡，還有剛才在電話中。等你們找來的雷諾斯警探抵達這裡，我早就駕著『海神號』

遠走高飛了。」

彼得還是不敢相信。「真有這種事！你用袋子罩住簡金斯先生的頭，還把他塞進衣櫥裡。就只為了那麼一點金子？」

「你倒是很會說話！『一點金子』，笑死人了。我不知道那些醜陋的石頭裡有多少塊是純金，但這些金子至少價值好幾千萬！墨西哥國家銀行想出的這個主意的確很棒，不知道是誰想出這個好點子的。」

茱莉亞漸漸明白這是怎麼回事了。「你這個卑鄙的傢伙！你對我父親做出那種事？昨天你還向我發誓，說你一定會找到那個傢伙。」

「那又怎麼樣？我的確找到了他。哈哈哈！他就站在你面前。」

莫爾鐸放聲大笑，驚動好幾隻海鷗，使牠們改變了飛行的路線。

茉莉亞氣極了，朝她的男友撲過去，可是莫爾鐸的動作更快，他伸手推了她一把，害她倒在一堆漁網上。波爾托嚇得發抖，莫爾鐸則揮舞著那支鐵棍。「誰都不要靠近我！我是認真的。你們幾個小傢伙現在下水去替我把那些金塊撈上來。你們要是動作太慢，我就會對船上這兩個人不利。」

三個問號別無選擇，只好聽從他的命令。莫爾鐸把一個大籃子綁上繩子，放入海中，佑斯圖、彼得和鮑伯必須把可能是金子的石塊從「幸運號」裡撿出來放進籃子裡。然後莫爾鐸強迫波爾托和茉莉亞把籃子拉上甲板，把金塊放進「海神號」。「快一點，你們這些笨手笨腳的傢伙！」莫爾鐸對著他們大吼，「這裡的金子只有三百萬左右。」

過了半小時，一艘船突然駛近。莫爾鐸立刻明白是誰來了。他對茱莉亞說：「好了，就到此為止。警察來了，我也該告辭了。我的寶貝，你多保重啦，跟你在一起的時光很愉快。不過，我接下來的時光會更愉快。哈哈哈。」

鮑伯焦急的思索要怎麼樣才能阻止莫爾鐸。他的目光落在漁船甲板上那尊大砲上。他偷偷捲起一張紙片，向波爾托眨眨眼睛。波爾托立刻明白了鮑伯打算做什麼。看準一個適當的時刻，波爾托從口袋裡掏出打火機，點燃那個紙捲。接下來的事情發生得很快：鮑伯把點燃的紙捲伸進裝了火藥的引信孔。先是冒出了一陣煙，接著嘶嘶聲響起。這時莫爾鐸也察覺了，他氣急敗壞的大吼：「該死的！這個小鬼做了什麼？噢，不，他瘋了！」

莫爾鐸害怕的叫了一聲，接著他從「海神號」上跳進海裡。同時一聲巨響，一顆鐵球從那尊舊大砲裡飛了出來。

轟的一聲，煙霧瀰漫，水花四濺，等到煙霧散去，他們才看出那顆砲彈造成的結果：「海神號」破了一個大洞，海水已經灌了進去。幾秒鐘之後，這艘潛艇就開始沉

沒，最後消失在海中。

鮑伯開心的說：「正中目標！擊沉了！」

這時候，一個聲音從擴音器裡傳來。「請注意！請注意！這是警方在說話，我是雷諾斯警探。發生了什麼事？有人受傷嗎？」

波爾托先生也從駕駛艙裡拿出一支擴音器。「我是厄尼斯特·波爾托，我們全都平安無事，沒有人受傷。只有一個壞東西掉進水裡，你們非得替他戴上手銬不可。」

不久之後，大家都聚集在碼頭管理員的漁船上。雷諾斯警探、簡金斯老先生和他的女兒茱莉亞、瑪蒂妲嬸嬸、提圖斯叔叔，還有三個問號，大家七嘴八舌的說話，過了好一會兒，雷諾斯警探才明白究竟發生了什麼事。

里歐．莫爾鐸戴著手銬躺在甲板上，憤怒的喊道：「你們何必那麼想不開，一定要這麼守規矩！為什麼這批金子在這麼多年之後還要還給銀行？他們早就把這筆錢列為損失，一筆勾銷了。茱莉亞，這一切都不是我的本意。」

可是茱莉亞很清楚他的本意。她抓起一塊舊油布，塞進莫爾鐸的嘴裡。「我們到此為止，我不想再聽你廢話了。這算是替我父親報仇。」

雷諾斯警探向佑斯圖、彼得和鮑伯道賀：「我相信你們會拿到一筆可觀的賞金。我馬上就打電話給那家銀行，和他們約個時間。他們會很高興的。」

佑斯圖在雷諾斯警探耳邊偷偷說了幾句話。警探露出微笑，「我懂了，佑斯圖。我有把握，在那之後甚至還會剩下一些。」

佑斯圖鬆了一口氣，走過去站在提圖斯叔叔和瑪蒂妲嬸嬸中間。

「你們知道嗎？只要堅定相信會有奇蹟出現，你的願望就會實現！」

3個問號偵探團——11

幽靈船

作者｜唔爾伏．布朗克（Ulf Blanck）
繪者｜阿力
譯者｜姬健梅

責任編輯｜呂育修
封面設計｜陳宛昀
行銷企劃｜陳詩茵

發行人｜殷允芃
創辦人兼執行長｜何琦瑜
副總經理｜林彥傑
總監｜林欣靜
版權專員｜何晨瑋、黃微真

出版者｜親子天下股份有限公司
地址｜台北市104建國北路一段96號4樓
電話｜（02）2509-2800　傳真｜（02）2509-2462
網址｜www.parenting.com.tw
讀者服務專線｜（02）2662-0332　週一～週五：09:00~17:30
傳真｜（02）2662-6048　客服信箱｜bill@cw.com.tw
法律顧問｜台英國際商務法律事務所．羅明通律師
製版印刷｜中原造像股份有限公司
總經銷｜大和圖書有限公司　電話：（02）8990-2588

出版日期｜2021年6月第二版第一次印行
2021年6月第二版第二次印行

定價｜300元
書號｜BKKC0047P
ISBN｜978-626-305-008-2（平裝）

訂購服務
親子天下Shopping｜shopping.parenting.com.tw
海外．大量訂購｜parenting@cw.com.tw
書香花園｜台北市建國北路二段6巷11號　電話（02）2506-1635
劃撥帳號｜50331356　親子天下股份有限公司

國家圖書館出版品預行編目資料

3個問號偵探團. 11, 幽靈船 / 唔爾伏.布朗克文；阿力圖；姬健梅譯. -- 第二版. -- 臺北市：親子天下股份有限公司, 2021.06
面；　公分
注音版
譯自：Die drei ??? Im Geisterschiff.
ISBN 978-626-305-008-2(平裝)
875.596　　110006560